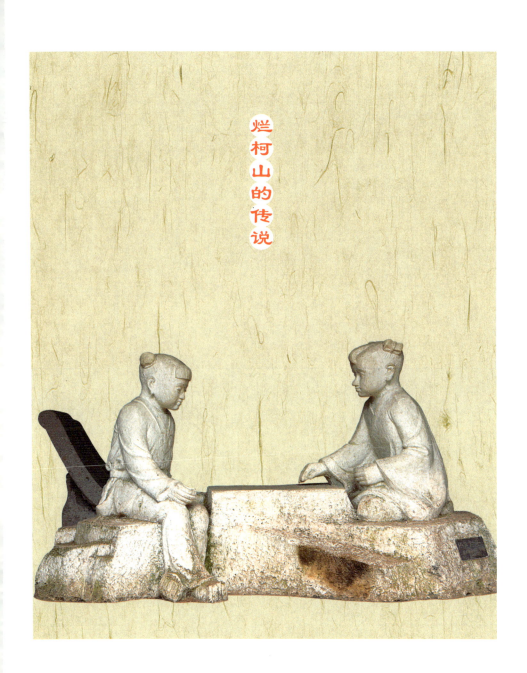

烂柯山的传说

烂柯山的传说

总主编 金兴盛

浙江省非物质文化遗产代表作丛书

浙江摄影出版社

毛芦芦 编著

浙江省非物质文化遗产
代表作丛书编委会

总 序

中共浙江省委书记
省人大常委会主任 夏宝龙

　　非物质文化遗产是人类历史文明的宝贵记忆，是民族精神文化的显著标识，也是人民群众非凡创造力的重要结晶。保护和传承好非物质文化遗产，对于建设中华民族共同的精神家园、继承和弘扬中华民族优秀传统文化、实现人类文明延续具有重要意义。

　　浙江作为华夏文明发祥地之一，人杰地灵，人文荟萃，创造了悠久璀璨的历史文化，既有珍贵的物质文化遗产，也有同样值得珍视的非物质文化遗产。她们博大精深，丰富多彩，形式多样，蔚为壮观，千百年来薪火相传，生生不息。这些非物质文化遗产是浙江源远流长的优秀历史文化的积淀，是浙江人民引以自豪的宝贵文化财富，彰显了浙江地域文化、精神内涵和道德传统，在中华优秀历史文明中熠熠生辉。

　　人民创造非物质文化遗产，非物质文化遗产属于人民。为传承我们的文化血脉，维护共有的精神家园，造福子孙后代，我们有责任进一步保护好、传承好、弘扬好非物质文化遗产。这不仅是一种文化自觉，是对人民文化创造者的尊重，更是我们必须担当和完成好的历史使命。对我省列入国家级非物质文化遗产保护名录的项目一项一册，编纂"浙江省非物质文化遗产代表作丛书"，就是履行保护传承使命的具体实践，功在当代、惠及后世，有利于群众了解过去，以史为鉴，对优秀传统文化更加自珍、自爱、自觉；有利于我们面向未来，砥砺勇气，以自强不息的精神，加快富民强省的步伐。

党的十七届六中全会指出，要建设优秀传统文化传承体系，维护民族文化基本元素，抓好非物质文化遗产保护传承，共同弘扬中华优秀传统文化，建设中华民族共有的精神家园。这为非物质文化遗产保护工作指明了方向。我们要按照"保护为主、抢救第一、合理利用、传承发展"的方针，继续推动浙江非物质文化遗产保护事业，与社会各方共同努力，传承好、弘扬好我省非物质文化遗产，为增强浙江文化软实力、推动浙江文化大发展大繁荣作出贡献！

（本序是夏宝龙同志任浙江省人民政府省长时所作）

前 言

浙江省文化厅厅长 金兴盛

要了解一方水土的过去和现在，了解一方水土的内涵和特色，就要去了解、体验和感受它的非物质文化遗产。阅读当地的非物质文化遗产，有如翻开这方水土的历史长卷，步入这方水土的文化长廊，领略这方水土厚重的文化积淀，感受这方水土独特的文化魅力。

在绵延成千上万年的历史长河中，浙江人民创造出了具有鲜明地方特色和深厚人文积淀的地域文化，造就了丰富多彩、形式多样、斑斓多姿的非物质文化遗产。

在国务院公布的四批国家级非物质文化遗产名录中，浙江省入选项目共计217项。这些国家级非物质文化遗产项目，凝聚着劳动人民的聪明才智，寄托着劳动人民的情感追求，体现了劳动人民在长期生产生活实践中的文化创造，堪称浙江传统文化的结晶，中华文化的瑰宝。

在新入选国家级非物质文化遗产名录的项目中，每一项都有着重要的历史、文化、科学价值，有着典型性、代表性：

德清防风传说、临安钱王传说、杭州苏东坡传说、绍兴王羲之传说等民间文学，演绎了中华民族对于人世间真善美的理想和追求，流传广远，动人心魄，具有永恒的价值和魅力。

泰顺畲族民歌、象山渔民号子、平阳东岳观道教音乐等传统音乐,永康鼓词、象山唱新闻、杭州市苏州弹词、平阳县温州鼓词等曲艺,乡情乡音,经久难衰,散发着浓郁的故土芬芳。

　　泰顺碇步龙、开化香火草龙、玉环坎门花龙、瑞安藤牌舞等传统舞蹈,五常十八般武艺、缙云迎罗汉、嘉兴南湖掼牛、桐乡高杆船技等传统体育与杂技,欢腾喧闹,风貌独特,焕发着民间文化的活力和光彩。

　　永康醒感戏、淳安三角戏、泰顺提线木偶戏等传统戏剧,见证了浙江传统戏剧源远流长,推陈出新,缤纷优美,摇曳多姿。

　　越窑青瓷烧制技艺、嘉兴五芳斋粽子制作技艺、杭州雕版印刷技艺、湖州南浔辑里湖丝手工制作技艺等传统技艺,嘉兴灶头画、宁波金银彩绣、宁波泥金彩漆等传统美术,传承有序,技艺精湛,尽显浙江"百工之乡"的聪明才智,是享誉海内外的文化名片。

　　杭州朱养心传统膏药制作技艺、富阳张氏骨伤疗法、台州章氏骨伤疗法等传统医药,悬壶济世,利泽生民。

　　缙云轩辕祭典、衢州南孔祭典、遂昌班春劝农、永康方岩庙会、蒋村龙舟胜会、江南网船会等民俗,彰显民族精神,延续华夏之魂。

　　我省入选国家级非物质文化遗产名录项目,获得"四连冠"。这不仅是我省的荣誉,更是对我省未来非遗保护工作的一种鞭策,意味着今后我省的非遗保护任务更加繁重艰巨。

重申报更要重保护。我省实施国遗项目"八个一"保护措施,探索落地保护方式,同时加大非遗薪传力度,扩大传播途径。编撰浙江非遗代表作丛书,是其中一项重要措施。省文化厅、省财政厅决定将我省列入国家级非物质文化遗产名录的项目,一项一册编纂成书,系列出版,持续不断地推出。

这套丛书定位为普及性读物,着重反映非物质文化遗产项目的历史渊源、表现形式、代表人物、典型作品、文化价值、艺术特征和民俗风情等,发掘非遗项目的文化内涵,彰显非遗的魅力与特色。这套丛书,力求以图文并茂、通俗易懂、深入浅出的方式,把"非遗故事"讲述得再精彩些、生动些、浅显些,让读者朋友阅读更愉悦些、理解更通透些、记忆更深刻些。这套丛书,反映了浙江现有国家级非遗项目的全貌,也为浙江文化宝库增添了独特的财富。

在中华五千年的文明史上,传统文化就像一位永不疲倦的精神纤夫,牵引着历史航船破浪前行。非物质文化遗产中的某些文化因子,在今天或许已经成了明日黄花,但必定有许多文化因子具有着超越时空的生命力，直到今天仍然是我们推进历史发展的精神动力。

省委夏宝龙书记为本丛书撰写"总序"，序文的字里行间浸透着对祖国历史的珍惜，强烈的历史感和拳拳之心。他指出："我们有责任进一步保护好、传承好、弘扬好非物质文化遗产。这不仅是一种文化自觉，是对人民文化创造者的尊重，更是我们必须担当和完成好的历史使命。"言之切切的强调语气跃然纸上，见出作者对这一论断的格外执着。

非遗是活态传承的文化，我们不仅要从浙江优秀的传统文化中汲取营养，更在于对传统文化富于创意的弘扬。

非遗是生活的文化，我们不仅要保护好非物质文化表现形式，更重要的是推进非物质文化遗产融入愈加斑斓的今天，融入高歌猛进的时代。

这套丛书的叙述和阐释只是读者达到彼岸的桥梁，而它们本身并不是彼岸。我们希望更多的读者通过读书，亲近非遗，了解非遗，体验非遗，感受非遗，共享非遗。

2015年12月20日

目录

这里，山含翠黛，涧泉淙淙；石梁横空，风景秀丽。

这里，是围棋仙地，王质观棋遇仙的故事流传了近两千年。这里的围棋文化源远流长，远播宇外。"烂柯"一词，已成为围棋的别称。

这里，是书香圣地，宋时毛开曾在此筑室"梅岩"，研读经籍并讲学，称"梅岩精舍"；南宋儒学大师朱熹、徐霖等人也曾在此处开坛设教，造就了一批批人才，使两宋时期衢州的科举走向了辉煌的顶峰。

这里，也是国粹琴文化的渊薮之地，早在南朝刘宋时期郑缉之的《东阳记》里，就记载了晋中期王质进山伐木，见四仙童弹琴而歌的故事。宋代，这里又出了著名琴师毛敏仲，他创作的《樵歌》问世七百多年来，已经被五十多种琴谱所收入，直至今日，仍然为众多流派和琴家所喜爱。

这里，融儒、释、道为一体。道家将此处视为修真圣地，称其为"烂柯福地"和"青霞第八洞天"；佛家于南朝梁大同七年（541年）就在此建有宝岩寺。

这，就是烂柯山。

烂柯山，是大自然对衢州的恩赐，也是几千年的中华传统文化在衢州大地上精心打磨出来的一颗璀璨明珠，是一座名副其实的文化名山。

烂柯山位于衢州市南郊10公里处的石室村东面，西临乌溪江，海拔164米，东西长4公里，南北宽2公里。

远眺烂柯山主峰，有一座巨大的石梁横空出世，鬼斧神工，蔚为壮观。石梁下主洞高约10米，东西宽约30米，南北深约20米，即晋代虞喜《志林》中所说的"信安，山有石室"，相传此地就是晋时王质采樵遇仙

烂柯山地理位置

之处。虞喜说："信安，山有石室，王质入其室，见二童子对弈，看之。局未终，视其所执伐薪柯已朽烂，遽归，乡里已非。"

虞喜所记载的，当然只是一个美丽的神话故事，然而，这个发生在浙西僻静一隅的古老神话，却在之后众多的书刊典籍中得以流传。北魏郦道元的《水经注》、南朝梁任昉的《述异记》、宋代李逸民所辑的《忘忧清乐集》、明代《明一统志·衢州府·山川》等书均有或浓或淡的笔墨为王质著文作传，而石室山也从唐代开始被称为"烂柯山"。

烂柯山离衢州闹市区虽然才10公里，可景色却极为幽丽，林木葱郁，花香鸟语，丹崖翠壁，瑶草摇秀。历代文人概述其景观，称最高顶、天生石梁、洞天一线、霞洞空青、玉枰仙隐、日迟亭、石桥寺和仙集观为"柯山八景"。

烂柯山，离红尘闹市虽近，却以其隐约仙踪、无限秀色在游人访客心头植下了一片清凉树和忘忧草。

而有关烂柯山的传说，也在衢州民间蓬蓬勃勃地生长着盛开着，一年又

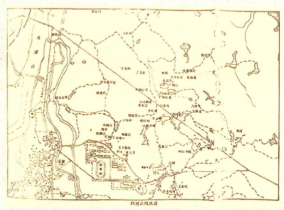

旧时的"烂柯山现状图"

1924年的烂柯山天生石梁

一年，一代又一代，任光阴荏苒，白驹过隙，它们依然青葱、茂密、美丽、馥郁。

由"王质遇仙"衍生出的各种传说，竟有六七十个之多。有各种版本的王质遇仙传说，有王质变成神仙后造福一方的传说，有烂柯山一带的地名传说、佛教传说、民俗传说、名人故事。而流传最广的，是烂柯山一带凡人得道成仙、仙人指点众生的传说。

"王子去求仙，丹成入九天。山中方七日，世上已千年。"在烂柯山

的民间传说里，不仅王质成仙了，王质的弟弟王贵也成仙了。烂柯山还成了"八仙"中的吕洞宾、铁拐李等人的修真圣地。烂柯山一带，也曾留下过太白金星、尉迟恭、关公等人的足迹。

这里，既是仙人下棋、弹琴的地方，也是凡人放飞梦想的地方。

在战乱频仍的古代，老百姓把这里视为归隐、遁世的福地；在岁月静好的今天，老百姓则把这里看作休闲、养生的理想谷。

2011年，烂柯山的传说列入国家级非物质文化遗产名录，烂柯山更是成了远近游人纷至沓来的旅游胜地。

将烂柯山的传说集结成书，让更多的人了解这座山的悠久传说、人文故事、神奇魅力，必将是造福一方、功在千秋的美事。

衢州市文化广电新闻出版局局长　王建华

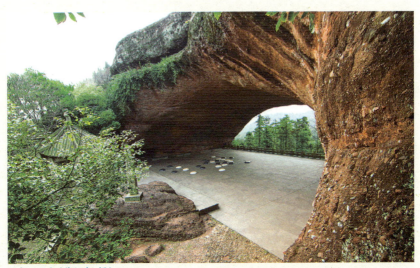

烂柯山石室（黎旭东 摄）

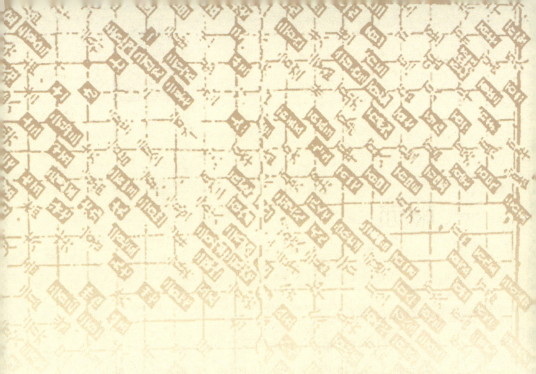

一、概述

烂柯山传说自晋代开始流传在浙西衢州地区，至今已历时近两千年，大量的典籍记载和丰富多彩的民间传说，无不表明浙江衢州的烂柯山是王质遇仙传说的最早发源地和依附地。

一、概述

[壹]古籍记载的烂柯山传说

烂柯山传说自晋代开始流传在浙西衢州地区，至今已历时近两千年，大量的典籍记载和丰富多彩的民间传说，无不表明浙江衢州的烂柯山是王质遇仙传说的最早发源地和依附地。烂柯山的传说，不仅属于衢州和浙江，它的影响力已至全国十多个省份，并传播于亚洲各国。

我国迄今看到的最早的烂柯山传说的文字，见于晋虞喜的《志林》，其中记载："信安，山有石室，王质入其室，见二童子对弈，看之。局未终，视其所执伐薪柯已朽烂，遽归，乡里已非。"寥寥三四十字，已经明确表明了传说的发生地是在"信安"，而衢州在晋代即为信安郡。传说的具体发生地，是在"石室"，而烂柯山有天生石梁、天然巨大石室，那时的山名即为"石室山"。传说的主人公王质，自那次在烂柯山的石室里轻轻一坐、默默观棋之后，已经成了烂柯山一带众多传说的老祖宗。此外，这个传说所传递的哲学意蕴也已经在浙江乃至中华大地上流传了近两千年，后人用"山中方一日，世上已千年"来形容王质的遭遇。"局未终，视其所执伐薪柯已朽烂，遽归，乡里已非"，表达了道家"世事变幻无常，内心清静无为"的思想。这个传说被记录的时间虽在晋中期，但它对今天的世人还有警示意义。

烂柯山的传说其后还在其他典籍中得到记叙、流传：

南朝刘宋时期郑缉之在《东阳记》中曾这样写道："信安有悬室坂，晋中朝时，有民王质伐木至石室中，见童子四人弹琴而歌，质因留，倚柯听之……童子曰：'汝来已久，可还。'质取斧，柯已烂尽，便归家，计已数百年。" 随后，北魏郦道元在《水经注》中引用了郑缉之的这段话。因为《水经注》比《东阳记》流传更广，更具名气，以至于很多后人还以为"童子四人弹琴而歌"的说法最早是郦道元提出的。

在郑缉之和郦道元的记叙里，王质所见虽然从"二童子对弈"变成了"四童子弹琴而歌"，但主人公王质伐木至石室，取斧，柯已烂尽，归家，发现早已过去了数百年，这传说的精髓依然没变，而且传说发生的时间和地点更加明确了，是晋中期，在信安悬室坂。鉴于郑缉之是浙江东阳人，他的老家距衢州不到一百公里，所以他对这一传说的记载是比较有可信度的。这再一次证明，烂柯山的传说，最初的发源地就是浙西衢州地区。

此外，南朝梁任昉的《述异记》记载："信安郡石室山，晋时王质伐木至，见童子数人，棋而歌。质因听之，童子以一物与质，如枣核，质含之不觉饥。俄顷，童子谓曰：'何不去？'质起，视斧柯烂尽。既归，无复时人。"在唐代杜佑的《通典州郡典》里曾有这样的文字："衢州信安县石室山，晋王质烂柯处。"在宋代太平兴国年间乐史的《太平寰宇记》中也有这样的记载："昔有道士负斧入山采桐为琴，遇赤松子、安期生棋，而斧柯烂处。"

甚至在我国现存最早的棋书——记录北宋围棋史的《忘忧清乐集》中，也记载了烂柯山的传说。《忘忧清乐集》收集有衢州烂柯实战谱《烂柯图》和棋势图《烂柯势》。《烂柯图》谱首注明："昔王质入衢州烂柯山采樵，遇神仙弈棋，乃记而传于世。"

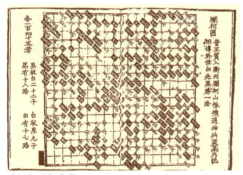

《烂柯图》书影

《烂柯势》书影

到了明代，烂柯山传说则入了正史《明一统志》，其中"衢州府·山川"曰："烂柯山在府城南二十里，一名石室，下有石桥。道书谓此山为青霞第八洞天、烂柯福地。晋樵者王质入山伐木，见二童子对弈，质置斧于坐而观。童子与质一物如枣核，食之不饥。局终，童子指示之曰：'汝斧柯烂矣！'质归已及百岁，无复同时人。"

在清代方舆汇编的《古今图书集成》"山川典"第一百二十九卷"烂柯山部"中则说："《浙江通志·山川》考：烂柯山在衢州城南二十里，一名石室，道书谓为青霞第八洞天、烂柯福地。晋樵者王质入山，见二童子对弈，观之。局方终而柯已烂，即于此地。又旧志云，烂柯石室一名景华洞天。"

而民国时期编辑的《衢县志》卷二《方与志》中则说："烂柯山，信安郡石室山，晋时王质伐木至，见童子数人棋而歌，质因听之。童子以一物与质，如枣核，质含之不觉饥饿。顷童子谓曰：'何不去？'质起视斧柯尽烂。既归无复时人。"

可以说，自晋代以后，几乎每个朝代都有文人关注着烂柯山的传说，在书中加以记录。这个传说，成了历代历经战乱的老百姓最好的心灵避难所。平凡、卑微如樵夫王质者，只要躲进深山，在山中盘桓一阵，归家，数百年、上千年的时间就过去了，所有兵燹、灾难的威胁，也已经避过去了。应该说，这个传说，反映了一代又一代百姓渴望安宁生活的梦想，所以才在民间和文人典籍中流传了近两千年。

到了民国时期文人郁达夫的笔下，这个传说又被冠以《烂柯纪梦》的题目，变成了一篇脍炙人口的散文：

> 晋王质，伐木至石室中，见童子四人弹琴而歌，质因倚柯听之。童子以一物如枣核与质，质含之便不复饥。俄顷，童子曰："其归！"承声而去，斧柯摧然烂尽。既归，质去家已数十年，亲情凋落，无复向时比矣。

> 这传说，小时候就听到了，大约总是喜欢念佛的老祖母讲给我们孩子听的神仙故事。和这故事联合在一起的，还有一张习字的时候用的方格红字，叫作"王子去求仙，丹成入九天。山中方七日，世上已千年"。我之所以要把这些儿时的记忆重新唤起的原因，不过想说一句这故事的普遍流传而已。是以樵子入山，看神仙对弈，斧柯烂尽的事情，各处深山里都可以插得进去，也真怪不得中国各地有烂柯的遗迹至十余处之多了。但衢州的烂柯山，却是《道书》上所说的"青霞第八洞天"，亦名"景华洞天"的所在，是公认的这烂柯故事的发源本土，也是金华来衢州游历的人非到不可的地方，故而到衢州的翌日，我们就出发去游柯山（衢州人叫烂柯山都只称"柯山"）。

> ……

而当代杂文家邓拓也于《烂柯山故事新解》（选自《燕山夜话一集》）中对烂柯山传说抒发了自己的新见解。

浙江省有许多闻名的山水，其中有一座烂柯山，位于衢县以南。我曾见许多朋友到浙江去就一定要看看烂柯山，这是为什么呢？难道这座山上果真有什么迷人的风景不成？事实并不是这样。他们所以要看烂柯山，无非因为这座山是由于一个神话故事而得名的。

据南北朝时期任昉的《述异记》一书载称：晋王质入山采樵，见二童子对弈。童子与质一物，如枣核，食之不饥。局终，童子指示曰：汝柯烂矣。质归乡里，已及百岁。

虽然《述异记》这部书未必是任昉所著，可能是后人伪托之作，但是这一段故事却很有意思。用现代科学的观点来分析，这个故事倒很像是科学幻想，具有相当的科学价值，不应该把它看成毫无根据的胡言乱语。

这个故事中的主人公王质，在山上只看完了一局棋，而砍柴用的斧头上的那根木柄就已经腐烂了，回到家里已经一百岁了。这种情形在我国古代大量流行的神话故事中本来不算什么稀奇，我们还可以举出更多的神话故事，都是以所谓"山中方七日，世上几千年"的公式为指导来编写的，不过那些神话故事都没有烂柯山的故事这么著名罢了。现在值得研究的问题，倒是在于这个所谓"山中方七日，世上几千年"之类的公式，究竟有没有科学意义？

回答这个问题，我想应该采取肯定的语句。特别是现在人类向宇宙飞行的序幕已经打开的时候，我们对于烂柯山的故事尤其必须进行新的解释。

……

[贰] 历代文人笔下的烂柯山传说

1.诗赋。

烂柯山，虽然海拔只有164米，但是，因为自晋以来一直流传着"王质遇仙"的传说，及由这个传说衍生出来的一系列仙道传说，所以，这里可真应了唐代大诗人刘禹锡所说的那句话："山不在高，有仙则名；水不在深，有龙则灵。"自唐以降，几乎每个朝代都有著名的诗人在此留下歌咏烂柯山传说的作品，像唐代的孟郊，宋代的陆游、朱熹、徐渭、赵湘，元代的尹延高、萨都剌，明代的毛恺、米万钟，清代的唐汝询、陈鹏年等人，都在烂柯山上留下过自己的足迹和笔墨。特别是宋代的陆游，他曾多次游览烂柯山，和烂柯山梅岩精舍（即后来的柯山书院）的主人毛开是好朋友，所以他为烂柯山传说留下的诗作最多。

"仙界一日内，人间千载穷。双棋未遍局，万物皆为空。樵客返归路，斧柯烂从风。唯余石桥在，犹自凌丹虹。"这是唐代大诗人孟郊的《烂柯山石桥》诗。

"道路如绳直，郊园似砥平。山为翠螺踊，桥作彩虹明。午酌金丸橘，晨炊玉粒粳。江村好时节，及我疾初平。"这是宋代陆游写的《柯山道上作》。而在《访毛平仲问疾与其子适同游柯山观王质烂柯遗迹》中，陆游如此写道："篮舆访客过仙村，千载空余一局存。曳杖不妨呼小友，还家便恐见来孙。林峦巉绝秋风瘦，楼堞参差暮气昏。酒美鱼肥吾事毕，一庵那得住云根。"在另一首《偶得石室酒独饮醉卧觉而有作》中，陆游则将烂柯山的名酒作了绝好的描述："初寒思小饮，名酒忽堕前。素罂手自倾，色若秋涧泉。浩歌复起舞，与影俱翩仙。一笑遗宇宙，未觉异少年。诗人不闻道，苦叹岁月迁。岂知汝南市，自有壶中天。河洛久未复，铜驼棘森然。秋风归去来，虚老玉井莲。"

陆游还有一首诗，写的是他在烂柯山上遇到的一位九旬老翁，表达了他的出世思想："柯山老人九十余，乱发不栉瘦如枯。百穿千结一布袴，得酒一吸辄倒壶。自言少年不蓄孥，有钱径付酒家垆。人生得此真良图，弃

当代书法家毛嘉仁书唐代诗人孟郊的《烂柯山石桥》诗（黎旭东 摄）

官从翁许我无？"

宋代名臣赵抃的祖父赵湘，有一首《烂柯山》在衢州地区流传甚广："仙人与王质，相会偶多时。落日千年事，空山一局棋。树高明月在，风动白云移。未得酬身计，闲来学采芝。"

而曾经在毛开的梅岩精舍开坛设教的朱熹则在此留下了他的名篇《烂柯山》："局上闲争战，人间任是非。空教采樵客，柯烂不知归。"

元代著名诗人尹延高的《柯山石桥》是这样写的："凿破乾坤有此桥，不知世变几风涛。当时对局纵横者，何似樵夫袖手高。"

元代另一著名诗人萨都剌在《三衢守马昂夫索题烂柯山石桥》一诗中如此写道："洞口龙眠紫气多，登临聊和采芝歌。烂柯仙子何年去，鞭石神人此地过。乌鹊横桥秋有影，银河垂地水无波。遥知题柱凌云客，天近应闻织女梭。"

明代诗人毛恺写有《宝岩寺僧》："宝岩何所始，卓锡自萧梁。僧有新支遁，心同古定光。结庵邻白鹤，煮石当黄粱。试问王仙事，棋经指上方。"诗人米万钟写有《烂柯山观仙弈》："双丸阅世怪他忙，为羡仙翁岁未央。假如片时成异代，人天却比洞天长。"

到了清代，因为朝代更替，岁月绵长，在文人墨客对烂柯山的题咏中，增添了更多的空蒙感和缥缈感。如唐汝询的《烂柯山·仙人棋》中说："在昔二仙子，对弈幽岩中。樵竖何为者，执柯偶相从。一

烂柯山宝岩寺（陈笑贞 摄）

局着未了，柯烂家亦空。有生信大梦，世事随飘蓬。羽人竟何许，古洞烟蒙蒙。空余五枝木，千载常青葱。"

陈鹏年的《烂柯遗迹》曰："千年柯始烂，烂后复千年。绝壁无人境，空山有洞天。垂萝松径雨，寒日石门烟。便欲眠千日，春心任杜鹃。"

一则传说，近两千年的岁月，就这样匆匆流过。幸好烂柯山的传说一直在浙西衢州流传着，从文人士大夫的诗赋典籍，到村野百姓的口耳相授，这则传说，不仅没有散佚，而且流传区域越来越广。不仅从石室传遍整个衢州，还从衢州逐渐流传到省内淳安、天台、绍

兴等地。向北流传到江苏虞县；向西北流传到河南新安，山西陵川、
武乡，陕西洛川等地；向西流传到四川的西昌、达州，而且还影响到
海外，在日本、朝鲜民间得以流传。

2.碑文。

（1）唐碑。

唐贞元石桥诗刻碑（即唐衢州刺史韦光辅镌外祖信安郡王李炜
诗及记的碑碣）。韦光辅于唐建中元年（780年）任衢州刺史，贞元三
年（787年）立石桥诗刻碑于青霞洞右。

唐元和陆庶游石桥记石刻。陆庶于唐元和元年（806年）任衢州
刺史，是年三月十八日与亲朋游烂柯山，撰文并镌刻立碑。

烂柯山碑刻（陈笑贞 摄 ）

石桥寺唐人诗碑。唐人刘炯、李幼卿、李深、谢剧、羊滔、薛戎等所作之诗，人各四首，供刊成二碑，留于石桥寺中。

（2）宋碑。柯山题名碑，该碑正背两面均镌刻题名。

（3）元碑。杨明诗碑，正书四行，每行七字，合成绝句一首，已断为三截，今存其二。

明刻本《王质烂柯图》

（4）明碑。明嘉靖胡宗宪宴烂柯山刻石碑。

（5）清碑。录有烂柯山诗的小序，诗已缺。

二、丰富多彩的烂柯山传说

烂柯山传说丰富多彩，有各种版本的王质遇仙传说，有仙道、佛教传说，有烂柯山一带的民俗传说、地名传说，也有历代烂柯山的名人故事。它们在文人典籍、百姓口头中流传了近两千年，不断得到完善和发展，是浙江民间故事中的一朵奇葩。

二、丰富多彩的烂柯山传说

烂柯山传说丰富多彩，有各种版本的王质遇仙传说，有仙道、佛教传说，有烂柯山一带的民俗传说、地名传说，也有历代烂柯山的名人故事。它们在文人典籍、百姓口头中流传了近两千年，不断得到完善和发展，是浙江民间故事中的一朵奇葩。

[壹]王质遇仙传说的几种版本

王岩村的王质遇仙

传说古时候，在石室山下的王岩村住着一对母子，母亲是个瞎眼嬷嬷，儿子王质靠砍柴、卖柴侍养母亲。

一天，王质去石室山砍柴了，家中来了两个邋里邋遢的讨饭人，他们对瞎眼嬷嬷说："老妈妈，我们饿了，能给我们点东西吃吗？"

瞎眼嬷嬷说："我米瓮里只有一点碎米了，要么你们去刮刮来烧点粥喝喝。我眼睛看不见，你们自己去弄吧！"

两个讨饭人说："好的，多谢！多谢！"

过了一会儿，瞎眼嬷嬷只听灶头边传来"噼啪、噼啪"的声音，也不知道那两个讨饭人到底是怎么弄的，反正没多久讨饭人就把一碗香喷喷的面条端到她面前请她吃。

瞎眼嬷嬷吃过面条后，讨饭人在她胸口吹了两口气，左右眼睛各吹了一口气，又在她背上吹了一口气，瞎眼嬷嬷瞎了十八年的眼睛就好了。她正想谢谢那两个讨饭人，没想到，两个讨饭人却突然从屋里飘了出去，朝石室山方向而去。

"啊，我一定是遇到了神仙！"王质母亲高兴极了。

王质砍柴回来，见母亲眼睛好了，开心死了。当听母亲说了事情经过后，他连斧头也没来得及放就追了出去。他追呀追，迷了路，七爬八爬爬到了石室山顶。这时，他听到半山的石洞里传来了弹琴唱歌的声音。他循着声音爬下去，发现有些人在石洞里弹琴、唱歌，还有两个年轻人在下棋。因为王质平时喜欢下棋，就连忙走到那两个年轻人身边看起棋来。有个年轻人一边下棋，一边拿出三颗枣子，自己吃了一颗，给了下棋的伙伴一颗，又给了王质一颗。王质吃过枣子之后，不渴了，也不饿了。过了一阵，只觉得洞外一青一红，自己身上一热一凉。最后，下棋的年轻人说："不下了，以后再下了，都很疲劳了，要回去了！唉，你这砍柴人，怎

明代徐渭作《王质烂柯图》

王质已随神仙去，石室空留几棋子（陈笑贞 摄）

么还不回家呀？"

王质回过神来，一看，自己随身带来的斧头的木柄都烂了。他慌忙跑回王岩村，可村里已经一个人都不认识了。问问别人，别人说早在几百年前村里有个叫王质的人去追神仙，从此再没回来，他的老母亲，当然早已死了几百年了。

王质哭着跑回石室洞，幸好那些弹琴唱歌下棋的神仙还没走。后来，王质跟着他们，也去做神仙了。从此，石室山，就改叫"烂柯山"了。

（讲述者：徐臣榜　记录整理者：毛芦芦）

杨家巷的王质遇仙

相传，在遥远的古代，今衢州城杨家巷这地方住着母子两人，姓王，儿子以砍柴为生。

一天，门口来了个衣衫褴褛、一瘸一拐的乞丐讨吃的。王母见状，神情沮丧地解释道："我家连一粒米都没了，儿子一早就空着肚子上山砍柴去了，要等柴卖掉才能换米。"烂腿乞丐答："我只要借妈妈灶头用一用。"便一头钻进灶间。顷刻间，冷冰冰、黑洞洞的炉灶就烈火熊熊、热浪扑人，锅内有白花花、光溜溜的面条翻腾，一股诱人的香气频频袭来。王母感到惊奇，只见乞丐找了一只粗糙的碗装了面狼吞虎咽地吃了三大碗。走时，还留下半锅面让王母吃。

王质砍柴回到家中早已饥肠辘辘，王母指着锅中还在冒热气的面条说："你饿就先吃点吧。"王质打开锅盖，闻一闻，异香扑鼻，一连盛了数碗，吃得精光。这时他才问母亲哪来的面条，母亲把烂腿乞丐来家烧面的事向他叙说了一遍。

王质一听，顿生疑窦，问娘乞丐离开多少时辰，往何处去了，母亲指了指小南门方向。王质取了柴刀，急忙往小南门追去。行至小南门前，见前方不远处果然有一道士模样的人正一瘸一拐地拖着沉重的脚步慢慢向前移动着。王质加快了脚步，可说什么也追不上。一直追到石室山下，忽然不见了那个道人，只闻林壑深处传来一阵悠扬的琴笛声，一会儿宛如高山流水，一会儿宛如蓝天行云，引人入胜。王质沿着盘旋的山道循声前进，翻过一山，豁然开朗。走过一片参天古木，从枝丫的缝隙中看见一块横空巨石，两位须发斑白的道人正在石下聚精会神地对弈。王质亦好下棋，就轻移脚步走上前去坐在一旁观摩。不知过了多少时辰，一长者对王质说："王质，你还不回家，屁股底下的柴刀柄都烂了。"王质闻言，如梦初醒。回

今日杨家巷（陈笑贞 摄 ）

顾刀柄，果然烂尽，便急急忙忙赶回家中。令他惊诧的是，家里已不是旧日模样，老母不见了踪影。王质向邻里年长者问讯有无见到他的母亲，一个个全不知道他在说些什么。王质潸然泪下，他详细地说起过去此地的一些情况，有人说，那已是一千多年前的事了。王质无可奈何，只得快快返回山中，跟着道士修炼去了。

（讲述者：张水绿　记录整理者：毛芦芦）

面条变莲花的王质遇仙

相传，晋朝时有一个樵夫名叫王质，家有老母。他常年以砍柴为

生，母子俩相依为命，日子过得极为艰苦，经常是吃了上顿没下顿。

一天，家里来了一个衣衫破烂、肮脏不堪、一瘸一拐的烂腿乞丐（他就是铁拐李）。王母连忙说："我家没有一粒米，儿子一早空着肚子就上山砍柴去了，要等柴卖掉才能换米。"乞丐问："那你家有柴否？"王母答道："没有。"乞丐又问："那有锅否？"王母说："锅倒有一口。"乞丐说："那就好，我只借你家的锅灶一用。"王母只得点头应允。

乞丐进入灶房，往锅中倒入清水。王母正疑惑乞丐用什么生火，只见乞丐手起刀落砍下自己的一条腿，塞进炉膛生起了火。王母见状大惊，坐在一旁不敢作声。水烧开后，那乞丐往锅中一把一把擤着鼻涕。说来也怪，不一会儿工夫，一锅热腾腾的面条便做好了。乞丐对王母说："过来一起吃吧！"王母直摇头。那乞丐不再理会王母，拿来一只碗盛了面顾自吃了起来，最后还留下半锅面。乞丐临走时对王母说："锅里的面就留给你们了。"

这时，王质砍柴回到家中，他饥肠辘辘，问娘有吃的没有。王母心疼儿子到这时还粒米未进，告诉王质锅里有面。王质顾不上卸下砍柴斧，边盛面条边问母亲面条是从哪里来的，家里来过什么人。王母惊魂未定，于是就一五一十地将烂腿乞丐烧面的经过讲给王质听。王质听后哪里还吃得下这面条，就将面条倒在地上，顷刻之间，地上开出一朵莲花。

王质感到事情蹊跷，就问母亲那乞丐是什么时辰离开，朝什么方向走的。王母告诉儿子那乞丐刚离开不久，朝小南门方向走了。

王质急忙往小南门追去，不一会儿，果然见前方有一乞丐正一瘸一拐地走出小南门，于是，紧紧地跟着他。奇怪的是，王质跟紧一点，乞丐就走快一点；王质放慢脚步，乞丐也放慢脚步。王质怎么追也追不上。就这样，两人像捉迷藏一般，这就到了石室山下，那乞丐的身影忽然不见了。王质沿着山道寻找，越走越远，不知不觉已进入深山，四周都是高大稠密的树木，却始终没有发现乞丐的踪迹。正当王质迟疑是否要继续寻找时，透过大树之间的空隙，他看到一根巨大的石梁横在空中。王质不禁被这鬼斧神工的造化所吸引，定睛一看，石梁下还有两个孩童在下棋。王质也是个围棋爱好者，虽然日子过得清苦，但茶余饭后还是经常会找人对弈一番。见有人下棋，正投其所好，就悄悄走了过去，以斧为凳坐在一旁看了起来。

清代郑岱作《松下对弈图》

两个孩童一边下棋一边吃桃，下到紧要处就将半个桃子放在一边。王质此时才想起自己还没吃饭，肚子已经饿得咕咕直叫，就不自觉地将那半个桃子拿起来吃了。吃过桃后他便不觉渴也不觉得饿了，继续看棋。后来，一个童子对王质说："你来已久，再不回家，恐怕连回家的路都要不认识了。"王质急忙起身，却发现自己的斧头柄已腐烂，便急急忙忙赶回家中。令他惊诧的是，一切都变了样，他找不到自己的家了。王质四处打听母亲的下落，大家都说不知道。当他问到一位白发苍苍的老爷爷时，那位老爷爷说："听我的爷爷说起过，过去我们村里有个叫王质的，去追一个乞丐就再也没有回来过。"王质此时才明白，自己得到神仙的点化已成仙了。想到与自己相依为命的老母死后也无人送终，王质哇的一声哭了出来，四滴眼泪掉在地上，变成了四眼井（在衢州城蛟池街道

烂柯山南门（陈笑贞 摄）

观巷），他无奈只好重返石室山找那些神仙去了。

（讲述者：龚生煜　　记录整理者：王永廷）

桃核成林的王质遇仙

很早以前，衢州府内有一户人家，全家三口人，一个瞎子嬷嬷，一个孙子，一个孙女，三人相依为命。孙女在家照料瞎子嬷嬷，孙子王质天天起早摸黑出城砍柴，砍来的柴火换钱换粮供全家度日。

有一天，王质出门砍柴去了，有两人路过王质家门口，觉得肚皮饿得紧，便问瞎子嬷嬷道："老妈妈，我们两人想借你格灶头烧顿饭吃吃，好勿好？"瞎子嬷嬷答道："你两人借我格灶头烧饭吃有啥勿同意格，不过，我孙子一早去城外砍柴，到现在还没回来，灶底的柴火都烧光了，难为你们等一记。"过路人忙说："勿要紧，柴火我们自己想办法。"于是，两人一个灶上一个灶底忙开了。只见灶底的人把自己的腿伸进灶孔里烧，烧了一只又烧一只；灶上的人用手擤鼻涕，一把一把的鼻涕往锅里放；烧好的三大碗面，两人各吃一碗，道一声"谢谢"走了。

不多时，王质砍柴回来，见灶头上有一大碗面，拿起就吃，吃完后对嬷嬷说："这样好的面我从来都没吃过，是哪里弄来的？"瞎嬷嬷就一五一十地告诉王质。王质听后感到奇怪，随手拿起一把斧头朝那两人去的方向追去，一直追到城南的一个山上，只见有两人在那下

太白井（黎旭东 摄）

棋。王质也是个棋迷，见这两人下棋下得这样起劲，便把斧头柄往身下一垫，坐下来观棋。这两人边下棋边吃桃，还掰了半个给王质吃，将桃核掼在一边。

就这样看去吃去，吃去看去。当王质吃得不想吃时，掼在一边的桃核已发芽成树。这时，两个下棋人提醒王质说："小鬼！你还勿回去，看你的斧头柄都烂了。"王质一看，斧头柄果然烂了，就赶紧回家。但是，回城的路不是原来的样子了。他边走边问，可怎么也找不到家了。他清楚地记得自己的家门口有一株大樟树，樟树底有一口井（那是王质自己挖的，叫"太白井"），现在大樟树和井都不见了。问起隔壁邻舍，都说，王质嬷嬷已过世好几百年了，王质妹妹的玄孙的玄孙也已胡子花白了。王质听了，叹了一口气说："嗐！真是山中方七日，世上几千年哪！"

那座山后来就被叫作"烂柯山"了。烧面条、下棋的那两个人，原来一个是铁拐李，一个是吕洞宾。

（讲述者：罗万年　记录整理者：陈兴元）

梁王儿子的王质遇仙

传说神仙徒弟造好烂柯山后，师父笑死了，可没多久又活回来了，因为他们是神仙，死了其实就像我们凡人睡了一觉一样。

这天，师父和徒弟两人化作两个鼻涕滴答的烂脚乞丐，来到衢州城太白井边王质的家。这王质和弟弟王贵，是梁王的儿子，老家在石梁沐尘，可惜家道败落了，就成了流浪儿，带着瞎眼老娘一起流落到衢州城太白井巷，租了一间房，靠给人挑水为生。这天，王质、王贵又去给人挑水了，家里只有瞎眼老娘，偏偏这时来了两个烂脚乞丐向她讨饭吃。

"啊呀，真可怜，我现在灶头只剩一碗冷粥了，要么你们把它拿去分分吃吧！"

"哦，不用了。既然你那么可怜，那我们只要借你的灶烧一烧就行了。"

"可我家没有柴火了呀！"

黄根发老人生前在灯下整理民间传说（雷文伟 摄）

"没关系，我们自己会想办法的！"两个神仙化成的烂脚乞丐说着，就一个灶上一个灶底忙开了。小乞丐烧火，但往灶肚子里塞的不是柴而是自己的烂脚骨和桌子腿；老乞丐烧饭，但往铁锅里放的不是米，而是自己的鼻涕。鼻涕下了锅，一转眼就变成了面条。面条一大锅，两个乞丐一人吃了一碗，给王质母亲吃了一碗，还留了两碗。吃饱后，烂脚乞丐走了。王质、王贵回到家，见灶上有两碗面条，便不管三七二十一拿起就吃。吃完，才发现家里桌子的腿全没了，有火烧的痕迹。王质问母亲家里有谁来过，母亲说是两个讨饭人。王质一听，大怒，说："原来是那两个烂脚鬼，刚才我还在巷口遇见他们！真是太可恶了!"说着,他提起斧头追出门去,讨饭人就在前面不远处,可王质一直追一直追,追到烂柯山顶还没追上他们,转眼讨饭人不见了,只见石洞中有一老一少两个人在下棋。他们下的棋招招都很奇妙,王质一看就着了迷,把追烂脚乞丐的事全忘了。看着看着,那下棋的老头忽然对王质说:"小弟弟,你还不回家啊,你家都没了!"

王质听了大吃一惊,赶回城一看,好几百年都过去了,哪里还有母亲和弟弟?王质大哭着跑回烂柯山,那下棋的老人说:"小弟弟别哭了,我带你去做神仙!"王质就这样做了神仙。

(讲述者:黄根发　记录整理者:毛芦芦)

[贰] 烂柯山的神仙传说

王质出世

八德池中万年精,欲争凡尘不观音。

隐形潜伏修正性,造就天宿一星辰。

借练殇类惊天阙,玉帝降诏遣老君。

二九春秋擒蛟星,离恨天童下凡尘。

这首诗,说的就是王质的来历。

王质本来是太上老君炼丹房中的一个柴童。这天,太上老君抽身来到炼丹房，见那些炼丹的童儿正在一丝不苟地配方，聚精会神地制丹。炉房中炉火旺盛，烧火的童儿或扇风或添柴，慎重把炉持火，老君满意地点头称赞。可当他到了柴房时，却发现供柴童儿头挽发髻，脑枕斧头，正斜身侧卧在柴堆之上，鼻息均匀，睡意香浓。

太上老君唤他："柴童醒来，醒来！"

柴童似梦非梦间突然听见师父的叫唤，吓得一骨碌跳将起来，抬头一瞧，真是师父。虽然师父笑容可掬，脸上并无半点责罚的愠怒，柴童还是连忙跪伏于地，连连请罪说："师父，徒儿知错！徒儿今日不知怎么搞的，老是困意缠绵……请，请师父恕罪！"

太上老君听罢，伸手摸摸柴童头上的发髻，微微笑道："为师不怪罪你，因你功行未满，尘缘未了，该有十八年凡尘之劳，故有倦意缠绕之状。现在，为师有一场无量功德让你代行，你可愿意？"

柴童激动得再三伏地叩头道："徒儿愿意！谢恩师抬举。不过……徒儿道行浅薄，法术平庸，恐难使师父满意，怕误了师父的大事啊！"

太上老君说："你记住，心意至诚即道行，急难关头念师尊……"

"师父，那么徒儿此去前程如何？"柴童问。

"问得好！为师赠汝一偈：'游仙渡口遇三仙，少室洞天佛宝赠。瞽目重光擒蛟星，观棋烂柯皈天庭。'你就放心去吧！"

太上老君拂尘轻轻一抖，只见一道红光扬起，柴童还想再问，没有来得及开口，已身不由己地随光而起，悠悠荡荡地直向南瞻部洲的大晋国信安县而去。自此，凡界多一杰，来了个降龙伏虎擒蛟之人。

回头再说信安县的"豹子胆"王林。他为人憨厚老实，虽说靠砍柴卖柴、给人挑水护院为生，却多义气，力气活上乐意助人，所以街坊邻里都愿和他交往。美中不足的是，王林都五十多岁了，还无一儿半女。

说来奇怪，到得第二年，五十三岁的妻子贾氏突然怀孕，肚子渐渐隆起。王林高兴得逢人便说："奇事！堂客生到四十八，拐个弯生到五十三。"于是他今天卖柴脱手买点肉，明天又买一只鸡，给贾氏补补身子，真是照顾得无微不至。

船慢偏遇顶头风。王林急着想早抱儿子，今天摸摸贾氏的大肚皮，明天又伏在贾氏的肚皮上听听动静，可眼看十八个月过去了，贾氏的大肚子就是不开仓。

直到七月廿八这天，贾氏的肚子才翻天覆地地痛将起来，最后竟然生下一只小酒坛那么大的红球。

"我王林是哪辈子作的孽，含辛茹苦，苦苦盼来今天，却生下了这么个怪物，唉！"王林想到这里，顿时火冒三丈，飞起一脚朝红球狠狠踢去，嘴里骂道："去你娘的蛋，哪里不好去，偏向我家来！"

那红球见王林飞脚踢来，嗖地一跳，向堂前滚去。王林更是怒发冲冠，紧紧跟上，随手抄起门背后一把长柄柴刀，大骂一声："怪物，哪里逃！"纵身追上去，照准红球狠狠地砍了一刀。

"咻"的一声，如砍在棉团上，震得王林柴刀脱手飞出。

"啪！嘣！"又一声巨响，红光一闪，立刻传来了"哇，哇，哇"三声婴儿的哭叫。一时间，满堂清香扑鼻，红光四溢。

王林一怔，揉揉眼，见有个白白胖胖、两尺有余、头挽发髻、胸挂红兜袋的小男孩正侧身横卧在堂前。小男孩国字脸，眉目清秀，小小的手脚白如莲藕，一双乌黑的眼睛滴溜溜地转，好似在问："这是在哪？如此陌生……"

王林见状，激动得热泪盈眶，二话不说，抢步上前抱起小儿，暗暗庆幸那一刀幸好未伤着他，否则将遗憾终生呀！

王林、贾氏老两口老来得子，难掩欣喜之情，对孩子真如掌上明珠，攥着怕掐碎，放开怕溜走，爱不释手。

而这孩子也真是非同一般，到满月这天就能下地走路了。

"我的儿呀，你有如此之体魄和素质，为父就给你取名质，字柴郎，绰号遇仙子吧！"

就这样，天上太上老君炼丹房里的烧柴童子，变成了信安县王林的儿子王质。

光阴荏苒，转眼之间，王质已经十岁了，父母也给他添了个弟弟王贵。

本书作者毛芦芦在听省级"非遗"项目烂柯山的传说代表性传承人徐臣榜老先生讲述烂柯山的传说（陈笑贞 摄）

王质十岁生日这天，王林夫妇又是杀猪又是杀鸡宰鹅，张罗了两三天。贾氏给王质穿上新衣、新裤、新袜、新鞋，从头到脚一板新，梳洗打扮得漂漂亮亮。亲朋好友送来厚礼道贺，客人济济一堂。街坊邻里有的也送来喜蛋道喜，有的则空手来看热闹。

待到晚上张灯时分，是该王质拜见高堂和祭祖入谱的时候了。贾氏挽着王质来到堂前先拜过天地和列祖列宗的牌位，然后王林、贾氏扶冠正衣，端坐高堂，准备受大儿子的三跪九叩大礼。

哪晓得，当王质口里喊着"爹、娘！孩儿给你们请安、叩头啦"，并连拜三拜朝父母叩完九个响头时，王林竟嗷嗷地叫着头痛心痛，晕倒在座位上，起不来啦。不一会儿，只见王林睁开眼睛，指着王质喃喃道："天数呀，遇仙子，好好孝顺你娘吧……"说完，就两眼一瞪，一命呜呼了。

贾氏伏尸哭得死去活来，哭着哭着，哭了七天七夜，一双眼睛哭得什么也看不见了。自此，王质就和瞽目妈妈和弟弟王贵相依为命了。

有因果诗赋为证：

> 凡夫得仙子，大礼咋敢受。
>
> 三拜九叩头，一命去黄泉。
>
> 留下瞽目母，甘苦命相依。
>
> 本亦仙宫女，受贬到人间。
>
> 待得功行满，瞽目重光明。
>
> 王质遇仙去，盲母畈九天。

（讲述者：徐臣榜　记录整理者：毛芦芦）

王质挖塘救灾

烈日当空，骄阳似火。这年夏天，烂柯山下，衢州城南的田畈遭遇了百年不遇的旱灾。

王质卖薪城中，每当路过此地，见稻田龟裂，禾苗枯萎，便心急如焚。一天，他来到母亲跟前，说："娘，你知道吗，二十多天没有下雨了，城南田畈的禾苗都开始发黄了。"

他娘问:"你说,怎么办好?"

王质说:"娘,我想挖塘浇水。眼前是挖得一塘是一塘,救得一丘是一丘,你说是吗?"

娘说:"好吧,你就去试试吧,是好事就干!娘自己会照顾自己的,放心去吧!"

第二天一早,王质直向五坪村范成家中奔去。

范成一见王质进门,立即转忧为喜,说:"稀客,稀客!难怪今天早上门前树上喜鹊喳喳叫。今天你不上山,来我家走走多好啊!"

王质幽默地说:"给你解解愁,不欢迎吗?"

"欢迎!欢迎!可是,这天旱又有什么法子可想呀?"范成说着,又"唉"地叹了一口长气,"旱了二十多天,几十亩水稻,绿油油、兴蓬蓬的禾苗都已枯萎卷叶,老天爷不给饭吃呀!"

"不,办法我是想到了。天上不下,地底来。挖塘、掘水浇禾如何?"

"只怕旱了这多日,地底也没有水可掘呀。"

"走!去田头看看再说,试试吧!"

范成见王质如此热情相帮,甚为高兴。两人来到田头,东看看,西转转。王质突然停步,高兴地说:"范成哥,此处地下有水,我们来挖挖看吧。"

范成也半信半疑,说:"听你的,试试看。"

两人你一锄，我一铲。挖地五尺，就见水冒，接着清水四溢，不一会儿，就溢满一池。

两人高兴得欢蹦乱跳。他们放弃休息，不顾疲劳，一天一夜挖成一口大池。

范成家有八九个人手，听说挖到水，挑着水桶，端起盆勺，全来到田畈里。他们掏的掏，挑的挑，浇的浇，浇得三亩多禾苗活转来了。

消息如长了翅膀似的一传十，十传百。五坪村人人动手，家家挖塘。三五天的时间，一丘丘枯萎的禾苗抬起了头，又变得青蓬蓬、蓬蓬青。

方圆几十里、上百里的村庄，热火朝天地效仿他们挖塘、掘水、浇禾。人们虽苦，却乐得天天唱歌。

一天，王质正在范成家商量改进浇水办法，毛家村的毛羊牯来到王质面前，没有开口先跪下叩头。王质忙扶起他说："老叔，有话起来说，何必行此大礼！"

毛羊牯说："不瞒你说，我家地势高，挖来挖去，挖了几十处，一滴水也挖不到呀。"说着，便呜呜地哭起来。

王质听了，说声："走！"扛上锄头来到了毛家村，村口已聚着好几十人在迎接。

王质没有歇脚，马上去田头转了转，指着一块洼地说："从这里挖下去，挖六尺深。"众人合力，挖下五尺五就见水了。王质指了几处,挖下去都见水,人们高兴极了,都说:"神呀,真神!"

从此,凡是挖不到水的农夫,不管远近,都来请王质指点。不到十几天,方圆几十里、上百里的田畈中,池塘一个接一个,星罗棋布。清水取之不尽,用之不竭。

王质看在眼里,喜在心头。见农夫们在烈日之下汗流浃背,肩挑、手提非常艰难,就想着为大家发明一种舀水、运水的工具。

于是,他日夜苦思,反复比较,制成一台手摇水车的模型,找个匠人打造出来。放到池塘一试,清水哗哗地长流不息。

王质看着,满心喜悦地吟道:"深山古木化成龙,一到池塘水成渠。"

他背上手摇水车的样车,一个村一个村地叫人试用,农夫也争先恐后地仿造。有的大户竟一连造了三四台,借给造不起的农户用。

不出几天,池塘边都摆满了手摇水车。水车"吱吱嘎嘎",日夜车水不停。白天,禾苗油绿。夜间,野火如点点繁星,处处笑语欢歌:"千塘畈,千塘畈,种种一大畈。老天旱百日,照样收万担。"

(搜集整理者:徐为全)

王质擒蛟

话说这年五月初四的晚上,劳累了一天的王质,侍奉好瞽目母亲就寝之后,自己靠在床上,摸出了烂柯山"少室洞天"中的黎山老母赠给他的一个小盒子。

黎山老母对他真是钟爱有加，又是传艺，又授予神力，还送给他这个小宝盒和用宝的秘诀，说希望他能在端阳节这天为民除妖。王质想到黎山老母对他的叮嘱："非到五月初四晚子时不可打开。"现在子时已到，不如打开看看终究是件什么样的宝贝。

王质打开了盒子，一瞧，"砰"的一声，原来盒子里是三片寸许长的碧绿的菖蒲叶和一只三条腿的小凳。

"就这东西，也能除妖？真是不可思议！"王质看着木盒愣神呆想，百思不得其解。要说不信，黎山老母的吩咐清晰在耳，秘诀记忆犹新。明日就是端阳节了，能否灵验？想着想着，他渐渐进入梦乡。只见门外匆匆进来一小童，头挽发髻，面若粉黛，身穿青灰色道袍，脚蹬一双多耳麻鞋，见到王质，躬身深施一礼，说："师兄，久违了。"

王质觉得这人好面熟，但一时又想不起来他到底是谁。不过他既称他为师兄，也只好尴尬地还礼说："兄弟，你是……"

童儿笑着说："哟！师兄，你做了凡间贵人，就把我忘啦？我是太上老君的司炉童儿，奉师命前来给你报信的。信安城荷花池中的独角蛟龙该归天位了，师父命你前去擒拿，但不可伤它的性命……"

王质忙插言分辩说："兄弟请回复师父，那独角蛟龙诈食童男百多人，私囚小青龙，霸占九谷潭，乱施旱、涝、病、祸，伤及无辜，何止千万人枉死黄泉，不杀，岂能平民愤呀！"

童儿却正色道："师父说过，那些本属人间劫数，也是天意，与它何干！望师兄勿违师命。后会有期，小弟告辞了。"说完，一晃就不见了。

王质有很多不明之处，想拉住童儿问个明白，匆忙中赶上一步，一拉却扯了个空，不提防被门绊了个嘴啃泥，醒来才发现原来是南柯一梦，但脑中仍闪烁着一系列的问题："师父、太上老君，师兄、师弟，司炉童儿？擒蛟上天归位？不可伤它性命？那我，我又是谁？"

正这么思忖时，只听门口传来了一阵吵嚷声，王质不知发生何事，见天色微明，便打开大门一瞧：大门前有二三十位白头银须的老者，争先恐后地朝他下跪。

王质被这没头没脑的跪拜搞糊涂啦，忙跨出门外，一一扶起众老者说："各位前辈请起，请起！我王质受不起呀！"

"我来说！"前排一个老者闻言起身，一把拉住王质，从头到脚看了个仔细，只见他长得眉清目秀，九尺高，虎背熊腰胜天人，两耳垂肩浑圆脑，血气方刚梦中豪，与梦中所见的王质一般无二，便深施一礼说："你就是王质吧？你可是誉满全城的孝子啊！"

王质谦虚地回道："前辈过奖了！王质不敢当，惭愧，惭愧！前辈有何训诲？"

老者说："老朽姓吕，名侯，虚活一百零五岁，托乡亲们的福，推老朽当城绅之首。居住在城南荷花池边，已有九世之多。近几十年来，都说荷花池中天开法门收徒学法。逢端阳午时，池中风浪过后，就有荷花升起，让人送童男入法门，该有几十个童男去而无返。昨夜，城隍爷托梦于我，说那是黄蛇作怪，骗取童男练功，已修炼成独角蛟龙，要出关行事。并说到那时雷电轰鸣，风雨交加，要地陷空穴为万丈深潭，几万生灵葬送鱼腹，无一幸存。"

王质惊问："此话当真？"

吕候说："千真万确！那城隍爷还说，独角蛟龙神通广大，只有恳求孝子神童相救才脱得此险，救得一城生灵，所以老朽特来恳求大仙前去帮大家除妖！"

说着，吕候就跪了下来。众老者一看，忙异口同声地说："确实如此，吾等也是城隍摄来，恳求大仙救救一城生灵吧！大仙呀，事急啊！就是今日午时……"

王质听得呆了，愣在一旁，心想：蹊跷，竟有如此巧合，莫非真有其事，不可不信。于是，他斩钉截铁地说："各位前辈莫急，待到午时我就去擒它。若真有此事，我王质就是拼得一死，也要除去蛟龙！只是万一……"话到嘴边一停。

吕候忙接着说："柴郎，我们知你是个孝子，万一你有什么闪失，你的老母就放心交给我们吧！"

王质的瞎子老娘，眼虽然不明，耳朵却灵，这时在屋内大声说："柴郎，去吧！为大众做点好事，就是最大的孝心。斩除妖孽，免去一城生灵涂炭，就是贴上为娘这条老命，也是值得啊！"

王质听娘这么一说，信心百倍，坚决说道："娘！有你这句话，孩儿万死不辞！"回头又对老者说："各位前辈请回吧！通报全城百姓，不可慌乱，保护好家小。待到午时，关门辟邪。千万别出来观看，以免误伤。"

吕候急说："那好，大家请回，分头转告，越快越好，切记大仙的吩咐！"

王质受乡亲们重托，带上黎山老母赠给的木盒宝贝，遵照师命，午时之前赶到荷花池边等待，又将秘诀默念一遍。

慢慢地，天上彤云浮现，地上炎热似火。王质隐伏在荷花池边，紧抱小木盒于怀中，悄悄观察池中动静。午时刚到，只听风声呼呼，白浪滔滔，尔后，水声渐静，微风拂动，池中升起一枝碗口大的荷花苞蕾，升高到四尺左右，就慢慢开放成一朵巨大的荷花。就像观音菩萨的七宝莲台，洁白似玉，白光闪闪，花枝顶上果有"天开法门"四个大字。花心中还袅袅升起一股黄气。

说来也怪，刚才还是烈日当空，骄阳似火，炎热得如蹲炭火炉边，但随着黄气升起，顿时乌云遮日，寒气袭人，远处还滚来了隆隆雷声。

王质伏在池边静观其变，心想：有师父的支持，黎山老母的法宝，三十六斧式，定能战胜恶蛟。

王质遵照黎山老母的吩咐，看看时机已经成熟，于是念动咒语，轻轻打开木盒，说声："太上老君命令，宝贝请起！"

只听"唧"的一声，又听"咕、咕、咕"三声蛙鸣和"哗啦啦"一声巨响，木盒中的三脚小凳已飞蹿到池中荷花枝上，立刻变成一只巨大的三脚蟾蜍，张开大嘴，一下咬住荷花枝，并用三只脚紧紧钳住枝干。池水霎时由清变红，荷叶纷纷隐没。那枝干想升又升不起，想缩又缩不下，只得左右摆荡，竭力摆脱三脚蟾蜍的纠缠。

王质定睛一看，池中哪有什么荷花？只见一身躯庞大的非龙非蛇的怪物，头上长一支独角，肚下生有四爪，满身蛇鳞，银光闪闪。因头顶被三脚蟾蜍咬住，它脱不出身，变化不了，就将长尾扭转，竖起尾巴上的一对毒钳子，叫作"蛟尾剪"，铁钳似的钳住三脚蟾蜍的一只脚。三脚蟾蜍强忍疼痛，紧紧咬住它的头顶不放。二物扭作一团，在池中翻滚，搅得池水雷鸣般作响。

突然，一声霹雳，那独角蛟龙连同三脚蟾蜍直向天空腾去。

王质一见，遵照黎山老母的吩咐，念动两次咒语，喝道："宝贝，请起！"

只听得"嗖、嗖、嗖"三声，三片菖蒲叶化作三支绿光闪闪的飞刷，直向独角蛟龙射去。

王质再次念动咒语，喝声"着"，自身化为一员神将，手持宣花大斧飞身直上战恶蛟。

独角蛟龙也算了得,钳去抓在中枢穴的蟾蜍一只脚,就能变化了,摇身一晃,变成一个高大的神将,手持丈八蛇矛,恶煞似的迎战王质。

可怜它,虽然变为神将,那三脚蟾蜍却紧紧咬住它的颈项死不放松,迫使它转动迟缓,身手不灵,不能不败。后来,它向上蹿去,企图逃生。

这时,黎山老母率黄巾力士赶到,只见她张开天网,大呼道:"角木蛟,此时还不归位,更待何时?"恶蛟无奈,一晃身变成一条小蛇向下界的荒山草丛溜去。无奈地上已有六丁六甲神尊拉开地网,高喊着:"角木蛟,快快归位,免遭杀身之祸!"

王质又在一旁念动咒语,挥舞宣花大斧,使出三十六招斧法,拨草寻蛇,并指使三支飞刷紧紧追赶。

恶蛟无奈,只得又变回蛟形,持丈八蛇矛,重新上阵迎战王质。那菖蒲叶变成的三支飞刷紧绕着恶蛟,上下翻飞,削得那恶蛟鳞片纷纷剥落,蛟血染红了山地。

正当独角蛟就要被王质的宣花大斧砍下脑袋时,听得半空中降下一朵祥云,云端中一人骑着板角青牛徐徐而来,高呼:"柴童,慢用法宝,休伤它性命!"

"柴郎,斧下留情!"王质又见南边一朵莲花彩云飞至,莲台宝座上坐着观音菩萨,观音菩萨也朝他如此高呼。

蛟池塘（陈笑贞 摄）

　　王质收起宝物和斧头。这时，只见独角恶蛟伏地一滚，立刻变成了一条大黄蛇，被观音菩萨召回天庭去了。

　　太上老君挥着法帚，将王质召至跟前，笑着摸摸其顶，又看看其人，对黎山老母说："你们是功德圆满，物归原主了。而我的柴童尚未完功，我只得空手而回啊！"

　　黎山老母笑了，把刚刚收回到宝盒中的菖蒲叶撒向人间，化成了端午辟邪的吉祥物。

　　　　　　　　　　　　（讲述者：徐臣榜　记录整理者：毛芦芦）

王质化身王志斩蛟

很早的时候，衢州人过端午节，都要叫小孩穿上红肚兜。头、项颈、手腕、脚踝戴上杨柳环。有的小孩还反剪着双手，背插一块"犯由牌"，上面黑字红围，写着"斩首——王志"字样。

这有什么来历呢？

衢州城内有一条街，叫作"蛟池街"。旁边有个池塘，塘水绿中带黑，深不见底。相传很久以前，塘里住着一条黑蛟，它尾巴一摇，水就轰隆隆地响。塘边要是有鹅鸭，它就张开血盆大口，一下把它吞掉，还经常用尾巴扫落在塘边嬉戏的小孩，饱餐一顿。因此，人们把这个塘叫作"蛟池塘"。大家对恶蛟很恨，但又没办法对付它，只得把鹅鸭圈养起来，给小孩腰里系上一条带子，拴在家里，免得让恶蛟吃掉。蛟池塘附近的居民，一直都提心吊胆地过日子。

有一天夜里，衢州的城隍老佛托梦给百岁坊的一位百岁老人，说："衢州三日之后要变成汪洋大海了，全城人将遭受大难。"

老人一听，急忙问道："衢州变海，数万百姓有救没救？"

城隍老佛捋着长须说："救是有救。只因蛟池塘里的蛟经过八百年修炼，已经成精，就要上天，到时风雨交加，洪水猛涨，吞没衢州。你可在明日天明时到大南门口等一个穿红肚兜的小孩，求他帮忙把蛟除掉。但这小孩除蛟之后就触犯了天条，你们要想办法救他性命。"百岁老人连连称是。

老人醒来想起梦中情景，又惊又怕，放心不下，便马上起床，把整条街的老人全叫了起来，讲了梦中的事情，大家都很担心。没等到天亮，一行几十人就来到大南门口恭候那个穿红肚兜的小神仙。

从黎明一直等到中午，还不见小神仙来。大家都急得心里冒烟。一直过了晌午，果真见一个身穿红肚兜，约莫十二三岁的小孩来了。只见他挑着一担柴火，汗水淋淋，大家一见喜出望外。那位百岁老人为首迎上前去，几十位老人一齐向小孩作揖请安起来。小孩奇怪地问："你们拦住我做啥？"老人赶忙道歉："对不起，对不起，小神仙，我们有一事相求。"

小孩说："有什么要紧事？我还要卖掉柴火回去伺候老母亲呢！"

百岁老人一听，同众老人扑通一声跪了下来。那小孩一看，慌了手脚，忙把柴担搁下，想把老人们扶起来。老人们说："你一定要答应我们一件事，我们才肯起身。"小孩无法，只好应允。于是，一群人拥着小孩，挑上柴担，来到百岁老人家中，老人就一五一十地把恶蛟为害的事讲了一遍。

红肚兜小孩说："我道是什么事，原来是恶蛟作祟。好，为拯救百姓，斩蛟除害，我王志义不容辞。明朝辰时，你们寻一只白狗、一只白雄鸡，看我行事。"

翌日，东方尚未破晓，蛟池塘边已是灯笼火把一片，人山人海，全城百姓都赶来助战了。

一到时辰，只见红肚兜小孩手持那根担柴的竹扁担来到塘边，把扁担迎风一挥，变成了一把雪亮的宝剑，剑身寒光闪烁，刀刃锋利无比。王志一剑把白狗杀死，将狗血洒遍塘沿；又用剑在塘边上划定一个方块，把雄鸡放在其中大声叫道："起！"那雄鸡顿时"喔喔喔"引颈高啼，拍拍翅膀，一头钻进水中，"哗啦啦"，激起了几丈高的水柱。王志顺势持剑跳入水中。这时，只见满池白浪翻滚，轰隆隆作响，惊天动地。

池塘底原是深潭，恶蛟正在潭里龇牙咧嘴，准备饱食人肉上天。忽听池边人声鼎沸，跟着一道红光，雄鸡扑过来用尖嘴直朝它眼珠啄去。恶蛟慌忙扭动长尾招架，一来一往，你啄我扫，打得难分难解。王志手持宝剑，用力杀上前去，冲着恶蛟当头一剑，恶蛟用尾巴一挡，早已斩落一截。雄鸡趁恶蛟疼痛之际，猛扑过去，啄去恶蛟的双眼。王志一剑刺进了它的心窝，哗的一声，恶蛟的一腔黑血冒了出来……

在塘边上助威的人们只看到黑血翻将上来，浊浪平静了，可就是不见王志上来，大家交头接耳，各捏着一把汗，担心王志的性命。

过了一会儿，那缺了尾巴，被啄掉双眼、开膛破肚的恶蛟的尸体浮了上来，可还是不见王志的踪影。

突然，半空中响起了一声霹雳，大家朝天上一看，吃了一惊。只见王志在半空中被几个天兵天将紧紧抓住不放。众人大叫："快救王志！快救王志！王志无罪！"

但那些天兵天将言道："王志触犯天条，午时三刻定斩不饶。"

这时，百岁老人出了个主意，叫全城十二三岁的小孩都穿上红肚兜，背插"犯由牌"，和王志一样打扮起来，在午时三刻齐集南街，朝天大叫："我是王志！""我是王志！"呼声震天，直上九霄，连天宫都晃动起来。监斩官朝下一看，眼花缭乱，跌跌撞撞地去禀报玉帝，说："人间王志上万，真假难分，如何是好？"

玉帝也正为大殿摇晃感到惊慌不安，听了禀报，慌了手脚，连忙问太白金星如何是好。太白金星说："王志虽开杀戒，犯了天条，但念他为百姓免灾除害，况且众怒难犯，还是放了他好。"

玉帝怕百姓浩气冲穿大殿，又听太白金星说得有理，只得下旨："王志无罪，立刻开释。"

那天，正好是端午节。衢州人为了纪念王志，又为防止玉帝反复无常，后来，每年端午节时，就像当年救王志那样把自己的孩子打扮起来。一直到现在，每年端午节前后小孩还有穿红肚兜的习惯。

而这个王志，据说是王质成仙以后，做了大上老君八卦炉边的供柴童子，见家乡人遇到蛟怪，下凡投胎变来的，是王质的一个化身。

（讲述者：徐臣榜　记录整理者：毛芦芦）

王灵官巡山

传说王质成仙后，做了烂柯山的守护神王灵官。

在烂柯山脚，有个人绰号叫"倪两半"，因为他家有一百斗田，正好值"现两"二两半。这个"倪两半"，人很勤劳，就是比较骄傲。这年夏天，"倪两半"晚上喝了点酒去放田水，醉醺醺地躺倒在下石埠街的街口。别人都说那里躺不得，万一过路的车压着怎么办，可"倪两半"说："我自己都不怕，你怕啥！"说着，就开始叉开手脚大睡起来。

夜深了，烂柯山的守护神王灵官坐着马车出来巡山，一巡巡到下石埠街头，他的手下看见一醉鬼横躺在街口，拦住了王灵官的路，便想把车从他身上压过去。可王灵官说："不可以的，这个人有二两星宿，压不得！"

王灵官的这些话，被"倪两半"在半睡半醒间听见了。第二天，"倪两半"好不威风，到处跟人说连王灵官也不敢拿他怎么办。从此，他变得更骄傲了，花钱也更大手大脚了。没过几年，一百斗田就被他败得差不多了。

又一年夏天来了，又一个放水季节到了，"倪两半"又喝醉了酒横躺在下石埠街头，以为王灵官根本不敢碰他。

这天深夜王灵官出来巡山，他的手下看见"倪两半"正想绕着走，没想到王灵官说："不用了，这人不懂惜福，上天给他的星宿已被

王贵寺村的路标（黎旭东 摄）

比腥臭，烂肉吸出来无比恶心，如此反复了几次，奇怪的是，那脓就
不让人恶心了。老人制止王贵再吸脓，告诉王贵："你这个孝顺的孙儿
已成半仙了，若不信你往上跳一跳就知道了。"

王贵往上一跳就飞到半空中，往下一使劲就降回原地了。老者
摇身一变，成了王灵官，对他说："我武艺无比高强，但仙道法力还不
够。"他叫王贵到东海蓬莱去找吕洞宾大仙人，再去普陀山拜见观世
音菩萨，就能成仙了，"若我不教你这一手，你是走不到那么远的地方
去的"。

王贵照王灵官的吩咐去做，果真成了仙。成仙后回到西山寺，了结
观世音菩萨托办的事，即再堆一座乌龟山，再到钟楼岗感谢王灵官，

如今的王贵寺村（黎旭东 摄）

再到垦地的高山给山取个名字叫"仰天坞"。在山腰的坪岗边，造一座殿叫"高庵殿"，给王灵官塑像，请进殿中。王贵做完这几件事，了却了心愿后，就在山中心造了一座双龙道观，请进了八仙像，之后就去向不明了。

王贵仙去后，这里的山就叫"王贵山"。之后造起的寺庙就叫"王贵寺"，现在以寺代村名，这里的村庄就叫"王贵寺村"。

（讲述者：黄根发　记录整理者：毛芦芦）

橘中秘事

古时候，在烂柯山脚下有个小小的橘园，每年硕果累累。

这一年，有一棵橘树结出了两只大橘子。那两只橘子大得出奇，每个都像大坛子，装得下三四斗米，它们把树枝都压弯了，重重地垂在地上。

主人看了，感到很惊讶，摘下橘子，小心翼翼地用刀剖开。

啊！每个橘子里竟然都坐着两位老人。这些老人童颜鹤发，神态安详，正在下围棋呢！

橘园主人傻了，呆立在一旁看他们下棋。

一局终了，只听其中一位老人喜滋滋地对他的对手说："你输我海上龙王第七女的头发十两，智琼额黄十二支，紫绢披肩一副，绛台山霞宝散二庾，瀛洲玉尘九斛，阿母的疗髓凝酒四盅，阿母的女儿太盈娘子的跻虚龙缟袜八双，后天在王先生的青城草堂交给我。"

橘园主人正听得讶异无比之时，只见眼前白光一闪，在橘子里下围棋的四位老者突然不见了。

橘农回家之后把此事告诉一位朋友，朋友是个书生，他说："可能正是'商山四皓'来游烂柯山了。"

从那以后，人们也用"橘中秘"来指代围棋。

（讲述者：陈锡祥　记录整理者：毛芦芦）

童子棋仙的故事

话说烂柯山下有个名叫"白渡村"的小村庄。村里有一个老头，晚年得子,爱惜不已,真个是捧在手里怕掉了,含在嘴里怕化了。

尽管爹娘对这孩子百般宠爱,舍不得让他吃半点苦,受半点累,可是,这孩子却一点没被宠坏,相反,他总是争着帮爹娘做事。到他七八岁时,他坚持要帮爹爹放牛,爹爹只好把家里的老母牛交给他去放。

这天,他在村前小河滨一边放牛一边读书,被神仙吕洞宾看见了。"这孩子不错啊!"吕洞宾很喜欢这个小牧童,决定考考他,就变成一个卖汤团的老头降落在河岸边。他把汤团担子挑到牧童身边,拿出一副棋盘,招呼牧童说:"来来来,小牧童,咱们来下盘棋怎么样?"

牧童本来就喜欢下棋,又见吕洞宾慈眉善目的样子,就放下书,将牛赶进一个青草茂盛的河湾,然后与吕洞宾下起围棋来。虽然技艺不如吕洞宾,但他人聪明,学得快,吕洞宾边下边不时地指点他,结果两人竟然将一局棋下了好几个时辰。

到中午时分,吕洞宾抬头看看太阳,说:"啊呀,要吃饭了呀。小牧童,谢谢你陪我这老头子下了半天棋。我想送你一碗汤圆吃,希望你不要拒绝。"

小牧童千恩万谢地接过他的汤圆,吃了。

哪晓得,出怪事了。自从那碗汤圆落肚后,小牧童接连三天都没感到饿。老爹和老娘想喊他吃饭,他都说:"吃不下呀!我肚子饱饱的。"

烂柯山下小牧童（雷文伟 摄）

这下，可把他的娘和老子急坏了。

他们带着儿子东寻西找，要找那个卖汤圆的老头讨个说法，终于在烂柯山集仙观里找到了吕洞宾。

"喂，你把我儿子怎么啦？我可只有一个儿子啊！你三天前到底给他吃了什么东西？害得他直到今天还一点没胃口！"牧童的爹质问吕洞宾。

牧童的娘则揪着吕洞宾的袖子不放，说："你一定得医好我儿子！"

吕洞宾无奈地摇摇头，只好拍拍牧童的背脊。

"喀！"牧童大咳了一声，顿时，三天前吃下的汤团被他吐了出来。

其实，那汤团是度人成仙的仙丹呢。

虽然牧童将汤团吐出来了，但他还是沾上了仙气。从此，他拜别父母，和吕洞宾一起住在烂柯山上，天天和吕洞宾下棋。

这就是烂柯山弈棋小童子的来历。

（讲述者：陈锡祥　记录整理者：毛芦芦）

鬼谷仙的来历

明朝时，衢州府有位小姐生得交关（非常）漂亮。

一天，这位小姐正在楼上绣花，突然听到外面有人在唱歌，歌声非常好听。小姐心想：唱歌的人肯定相貌也好，人也聪明。

第二天，这位小姐又听到楼下传来了唱歌声，便叫丫鬟走出去看。丫鬟回来告诉小姐：原来是一个渔夫，在船上唱歌，歌声很好听，可惜相貌长得交关难看，又是一个癞痢头。小姐很失望，但仍旧不死心，故意拿出五两银子，叫丫鬟交给那渔夫，托他上街代买一些花线。渔夫买了花线来到小姐门口，叫丫鬟送进去，可小姐非叫他亲自送进来不可。

渔夫惴惴不安地进了小姐家门。小姐一看：真是一个癞痢头，长得真是交关难看。她接过花线立即转身上楼了，没有给渔夫一点好脸色。渔夫知道小姐是嫌自己相貌差，难过极了，回家后，就得了相思病。

一天又一天，渔夫的病越来越重。他知道自己的病不会好了，担心死了年老体弱的老母亲没人赡养，所以在临死前对母亲说："我死以后，请娘把我的心肝掏出来。等过了'七七'，就把我的心肝放在篮子里，用一块布盖上，拎到街上，我的心肝就会唱歌，这样就可以赚钱来养活你了。"

说完，渔夫就死了。为娘的尽管悲痛万分，但还是按照儿子的话，掏出了他的心肝。到'七七'第四十九天，母亲就把那心肝装在篮子里拎上街去。啊呀，那篮子里的心肝见了人，果真咿咿呀呀唱起歌来，唱得危险（非常）好听，大家听了，都纷纷把钱给渔夫的娘。从此，渔夫娘就不愁吃穿了，她每天都拎篮上街一次，让儿子的心肝唱歌。

这天，绣楼上小姐的丫鬟上街买花线，听到渔夫老娘的篮子里的歌声交关好听，回家告诉了小姐。小姐感到很奇怪，就叫丫鬟带那老妈妈到家里来唱一唱。渔夫老娘到了小姐家，那篮子里的心肝果然开始唱歌了。

"老妈妈，这事个冷（这么）稀奇，到底是哈冷（怎么）一回事体啊？"小姐问渔夫娘。渔夫娘便把事情的经过一五一十地告诉了小姐。

小姐听了很痛心，直怪自己不好，害了他母子俩，就拿出五十两银子送给渔夫娘，并叫渔夫的娘把她儿子的心肝葬在山上，说今后由她来赡养老人。

渔夫娘照小姐的话做了，把儿子的心肝葬在烂柯山上。过了一阵子，有一天晚上，小姐从绣楼的窗子里看见烂柯山上出现了一颗会发光的星星，感到很蹊跷。第二天一早，她打发丫鬟上山去查看。丫鬟回来说："烂柯山上没发现什么会发光的东西呀！就只有渔夫的新坟！"

晚上，小姐又在那新坟边上看见一颗星星在闪闪发光。半个月过去了，小姐因为天天晚上都看到同样的星星，就到烂柯山去看渔夫的新坟，发现那坟上竟然长出了一大串谷穗，粒粒谷子像珍珠一样洁白闪亮。丫鬟摘来谷穗，脱下三分之一谷穗的外壳，煮米给小姐吃，真是又香又糯，小姐喜欢得不得了，就叫丫鬟把剩下的谷子全脱了壳煮给她吃。哪里晓得，米刚吃完，小姐的肚子就渐渐大了起来——小姐居然怀孕了！

不久，这事被小姐的父母知道了，他们思来想去，想不出好办法：女儿要是在家里生下孩子，这不是要败坏名声吗？所以狠狠心把小姐、丫鬟都赶出了家门。

小姐、丫鬟出门走到半路，天黑了，看见烂柯山山坳里有一间破屋，就躲了进去。当夜小姐做了一个梦，梦见那死去的渔夫对她说："我是为你而死的。我不甘心在阴间做鬼，所以变成谷子来投胎，仍要到阳间来做人。"梦醒后，小姐只觉一阵腹痛，很快就生下一个男孩。这孩子也真怪，四个月就会说话了，而且声音特别好听，跟他父亲一样。小姐见这情形，感慨万千地对孩子说："都是为了你，娘才受这种苦啊！"孩子很懂事，安慰母亲一番，又要母亲替他起名字。小姐想：孩子没有父亲，姓什么呢？想来想去，想到梦里渔夫说的话，孩子是由谷子投胎的，那就叫鬼谷子吧？孩子听了，高兴得手舞足蹈，说："这名字有意思！这名字有意思！"

后来鬼谷子成了仙，就是鬼谷仙。

（讲述者：柴小燕　记录整理者：毛芦芦）

太白金星造井的故事

有一天，住在烂柯山上的铁拐李和吕洞宾来到衢州城杨家巷中的王质家煮面条吃。

神仙面条的香味一阵阵飘上云天。这时，恰好太白金星路过衢城上空，闻到这股醇香后，他实在按捺不住自己的馋劲，就落下云头，去找香味的来源。不过，这时铁拐李和吕洞宾已经用餐完毕，飘然离开了。太白金星东寻西找，最后来到了警钟巷西面的一家酒店，向店老板杨二要了一斤酒和半斤猪头肉，细细品味起来。

"好吃！好吃！"太白金星越吃越开心。心想：难怪铁拐李和吕洞宾会赖在衢州烂柯山不愿回天庭，原来这凡间的生活滋味实在好！

很快，一斤酒就下了太白金星的肚子。太白金星问杨二："这酒如此美味，是怎么做出来的呀？"

"是糯米做的。这酒好，主要是因为做酒的水好。我做酒的水，都是从街对面罗汉井里取来的。这井，还是罗汉托梦给衢州人才挖出来的呢！我们是享罗汉的福啊！"

没想到，太白金星听了杨二的话，醋意大发："一个小小的罗汉，竟然敢如此沽名钓誉，那将我们这些神仙放在哪里了？"于是，太白金星对杨二说："老板，感谢你店里的好酒菜！但我没有带钱，又不想吃白食，所以想送你一样东西！"

"哦……"杨二听了，一下子反应不过来，呆呆地点了点头。

说时迟那时快，只见太白金星把手中的筷子往店门口一掷。金光

传说中的太白金星所造之井（陈笑贞 摄）

一闪，筷子朝地上迅速一沉，一眨眼间，杨二小店的门口就出现了两口深井，井水碧清，白光闪烁。

"哇！"杨二这下是真的被惊得目瞪口呆了。

店里的客人和巷口的邻居纷纷涌了过来，都拍着手惊叫。

这时，太白金星笑着离开杨二的小店，冉冉升空，飘走了。

众人尖叫："遇到了活神仙！遇到了活神仙！"

这时一个算命先生说："这神仙能用筷子造井，井冒金星，闪白光，看来，这是太白金星造的井啊！"

就这样，太白金星造井的事就在衢州流传了下来。而他造的那两口井，至今还留在警钟巷里。

（讲述者：陈锡祥　记录整理者：毛芦芦）

狗咬吕洞宾，不识好人心

通仙门是衢州城通往烂柯山的一座城门，通仙门内的大街却不叫"通仙门街"，而叫"柯山门街"。

传说，通仙门内的柯山门街上住着一个恶妇，她依仗祖上留下的万贯家财，常做些仗势欺人、专横跋扈的事。她的恶劣行径传进了住在烂柯山上的铁拐李和吕洞宾的耳朵，他俩打算什么时候进城好好戏弄她一番。

这天，他们相约从烂柯山上下来，经通仙门来到柯山门街上，踱进一家茶楼，上二楼找了个靠窗的座位坐下来，要了一壶茶，便慢慢地喝将起来。

不一会儿，茶楼下突然变得闹哄哄的。只听有人张皇失措地喊道："快逃啊！恶妇又牵着狼狗出来作恶啦！"

铁拐李、吕洞宾一听，连忙探头朝楼下张望。嚯，只见一个衣服穿得花簇簇、崭崭新的高大肥胖的妇人，牵着一头小牛犊似的大狼狗一摇一摆地走在街中心。

这时，妇人对面正好有个农夫挑着一担橘子走过来，不小心挡住了恶妇的路，恶妇立刻破口大骂："好狗不挡路，好牛不吃谷。快滚开，你这个乡巴佬！"农夫想给这妇人让路，可担子太重，一下子没有避开。恶妇立即发火了，对她的大狼狗吆喝道："你去，帮我赶开这个穷鬼！"大狼狗马上冲那农夫扑了过去。

农夫吓坏了，挑着橘担东躲西闪，结果，一连撞翻了路边的好几个小摊。整条街顿时炸开了锅似的，乱成一团。

常言道：路不平有人铲，事不平有人管。吕洞宾见整条柯山门街都被那恶妇闹得鸡飞狗跳，一下子跳下茶楼，拦住那妇人，大喝道："你一个妇道人家，为何这么欺负人啊？"

"啧啧啧，你管得着俺老娘吗？"恶妇眉毛一竖，冲大狼狗喊道，"去！给我咬死这个多管闲事的臭道士！"大狼狗立刻凶神恶煞般地扑向吕洞宾，张嘴就咬。

　　"哈哈,这不是狗咬吕洞宾,不识好人心吗?"站在一旁看热闹的铁拐李乐了。

　　而吕洞宾呢?就在狗嘴即将碰到他的一刹那,身子突然一闪,不见了,让大狼狗扑了个空,一头栽在街上。

　　恶妇见吕洞宾突然消失了踪影,不仅没有惊醒,反而站在街上"臭道士,臭道士"地骂个不停,周围的人都对她敢怒而不敢言。

　　"好,让我们来收拾你吧!"吕洞宾突然又现身了,他对铁拐李一笑,两人同时说了声:"着!"啊呀,恶妇立刻双腿一软,一屁股跌坐在街道中间的青石板上,怎么挣扎也站不起来啦!

　　一街的人见了这恶妇的狼狈相,全拍着手大笑起来。

通仙门(陈笑贞 摄)

就这样，吕洞宾和铁拐李当众教训了恶妇一顿。

从那以后，恶妇和她的大狼狗再也不敢为非作歹了。

（讲述者：陈锡祥　记录整理者：毛芦芦）

剩茶渣滓

古时候，衢州城通往烂柯山的通仙门外有一个热闹的大码头，所以通仙门内的柯山门街也很热闹，商铺林立，茶楼处处，车水马龙，一派繁华景象。

在那些茶楼中，专门有一种人，一年到头都寄生在茶楼里，那就是专喝别人所剩茶水、所剩茶食的"剩茶渣滓"。他们总是厚着脸皮，跟在茶客身后转来转去，问题是他们还不以为耻，反而认为自己这样的生活方式很赞呢。

住在烂柯山上的吕洞宾，常到柯山门街上转悠，很讨厌这种不劳而获、不讲尊严的寄生虫。这天，他决心惩罚他们一下。于是，他摇身一变，将自己变成了一个缺嘴烂鼻的怪人，走进一家茶楼，要了一盏绿茶，坐在茶楼正中的桌子上大模大样地喝将起来。

不过，这怪人喝茶的样子委实难看，只见从他缺嘴里啜进去的茶水，不断地从他的烂鼻子里流出来，又落回茶盅，如此循环反复。茶楼里的茶客见状纷纷起身离开茶楼，一边走一边摇着头说："恶心！真恶心！"

这时，就连"剩茶渣滓"们也想离开了。

怪人望着对他鄙夷不已的众人，也不言语，只扬起茶碗，朝楼板上摔了下去。啊呀，楼板竟然被他摔了个碗口大的破洞。

大家都惊讶不已，呆住了，但很快他们就回过神来，以为这个缺嘴烂鼻的怪人要找大家的麻烦呢，于是"哄"地一下逃了。

大家逃到街上，怪人也追到了街上。只见他从袋子里抓出一把铜板扔在街心的青石板上，每个铜钱，都深深地嵌进了石板。有个"剩茶渣滓"见了，想把那些铜钱从石板里抠出来，但用尽全身力气，连一个铜钱也没有抠出，自己反而因为用力过度摔了个嘴啃泥，惹得众人大笑。

"啊，你一定是神仙啊！"他冲怪人大叫。这时，怪人已经摇身变回相貌堂堂的吕洞宾，默默离开柯山门街，出了通仙门，往烂柯山方向走去。

"神仙，等等我！"那个"剩茶渣滓"一直追着他不放，并且，一路都在大喊大叫，"神仙，我也想做神仙啊！"

恰巧，这时路边出现了一个臭烘烘的茅坑。

吕洞宾见了那茅坑，微微一笑说："如果你跳入这个茅坑，就能成仙。"

"这，这……"那"剩茶渣滓"犹豫起来。

"你不是想成为神仙吗？快跳啊！"吕洞宾催他。

"剩茶渣滓"暗想：我天天在茶楼喝剩茶，被人叫作"剩茶渣滓"，受尽嘲笑。今天有机会变成神仙，我豁出去了！想到这里，他顾不得茅坑的脏臭，将鼻子一捏，眼睛一闭，跳了下去。

他还以为马上就能升天做神仙了呢，哪想吕洞宾却一闪身飘上了烂柯山，说："像这种自暴自弃的俗物，也想成仙？做梦去吧！"

"剩茶渣滓"在茅坑里白白等了一回，爬上地面后，知道自己是被神仙戏弄了，懊恼得大哭了一场。不过，从那以后，他总算有所醒悟，再也不去茶楼喝别人的剩茶了，而是在茶楼旁摆了个小摊子，卖瓜子、花生，也算有了正当的营生，没有辜负吕洞宾的一番点化之心。

（讲述者：陈锡祥　记录整理者：毛芦芦）

陈半仙的故事

衢州城西南，离烂柯山不远的万川村，早年出过一个陈半仙。

据说，陈半仙十二三岁时，日日都要背着一只畚箕去拾猪粪。有一天，他到外面拾猪粪时，正好天上掉下一个仙桃，又刚好掉在他面前的猪粪上。他拾起一看，仙桃半边粘着猪粪，另半边蛮干净。他勿晓得这是仙桃，只把那干净的半边吃了。但这一吃奇怪了，本事就变得木佬佬好了，许多仙家能做到的事他也能够做到，因此，大家就叫他"陈半仙"。

有一日，一个东家雇蛮多人去种田，陈半仙也被雇去了。

这一日工夫蛮紧。陈半仙怕天乌下来看不见种，就作起法来。他用一根线一头吊住日头，另一头缚在自己的裤带上。这样，日头落到西边山冈上，就再也落不下去了。等田种好，日头还是红刮刮的。这时，陈半仙又恶作剧地捉弄起其他零工来。他捋了几把杨柳树叶，一撒撒在田沟里，变成好多鱼。大家看见田沟里有鱼，还有不抲的？一个个都去抢着抲了。他呢，一个人到溪里洗洗浴，然后回到田边，故意对大家说："好啰，蛮晏喽，好归去吃夜饭喽！"大家没有听他，只顾起劲地抲鱼。

陈半仙回到家里，把吊日头的线一放，日头忽地掉到山背后去了，天也一下子变得漆塌腊乌。田头那班抲鱼的人晓得这是陈半仙作法戏弄他们，一个个跌跌撞撞地摸回家，一进门，就对陈半仙骂起来："你这勿做好事的，等鱼烧熟你莫吃！"陈半仙忍勿住好笑，说："好格好格，勿吃就是了。"

大家想吃新鲜鱼，一齐动手剖，剖好就放镬里煎。煎了一会儿，陈半仙说："鱼煎焦喽！"烧鱼的伙佬说："焦勿焦与你没相干！"说完，镬里真的起烟了。开了镬盖一看，哪里有鱼？一镬统统是乌焦的杨柳叶！

（讲述者：陈炜　记录整理者：毛芦芦）

窑老板变宋仁宗的传说

从前有个窑老板，心肠很好，喜欢积德行善。

一天，有个白胡子白眉毛的老道士到他门前来化斋。窑老板问那道士："你要化什么？"老道士说："只要化一件道袍能罩住的瓦就行。"窑老板笑着说："只化一道袍瓦呀？那你自己到窑门口去装。"道士说："多谢啦！那请施主连烧三年，一块瓦也不要卖，三年以后我再来拿，行吗？"窑老板满口答应了下来。

三年工夫眼睛一眨就过去了，窑老板很守信用，烧了三年瓦，真的一块也没有卖。他的窑地上，到处堆满了瓦。这天，只见那老道士穿着一件破道袍晃悠晃悠地来取瓦了。他脱下身上的道袍，双手一扬，竟把窑老板堆在窑地里的瓦全都罩在了道袍底下。窑老板和窑工们都傻眼了！道士临走时说："施主有空请到我那里去玩，请一直往北走，找到烂柯山就是了。你出门时，千万别忘了带上盘缠，再带一斗炒熟的油菜籽和一斗炒熟的辣芥籽，到时候有急用。"

窑老板对这个道士充满了好奇，当真把家里的大小事务交给老婆打理，自己收拾了盘缠银两，带上炒熟的一斗油菜籽和一斗辣芥籽，上路了。

也不晓得走了多少天，身上带的银两已渐渐用光。这日，窑老板来到深山冷坞中，肚子饿了，便从包袱中抓了一把油菜籽吃，到路旁小溪里喝一口水，接着走。走呀走呀，不知不觉中油菜籽吃光了，辣芥籽也吃光了。窑老板又累又乏，坐在一个石壁底打盹，等他一觉醒来，发现日头已照到他的肚皮上。他一骨碌爬了起来，拍拍身上的灰尘。哪晓得身上的衣服竟被他拍成了灰。灰飞了，他立刻就变成了个赤身裸体的野人，这可怎么办!

正当他焦急万分的时候，从山上一个大窟洞里走下来一个小道士。

"师父叫我来接您呢!"一见面，小道士就熟人似的跟他说。原来那个老道士知道他今天来，就派小道士下山来接了。

"不行，不行，我哪有脸面见你师父，我身上连一寸布都没有!"窑老板面红耳赤地说。

"人本来就是赤条条来去的嘛! 你不穿衣服有什么关系?"小道士笑着说。

窑老板就跟小道士上山了。他一见到那个化斋的老道士，便责问他:"你为什么戏弄我呢? 你看看，我身上一丝不挂，叫我带炒熟的油菜籽和辣芥籽路上吃，带点别的不是更好吃吗?"老道士一面叫小道士给他找衣裤穿上，一面笑着说:"我这儿规矩就是这样的，请别见怪!"

窑老板做梦也没想到，经过这一路艰苦的行程，他已经脱掉了凡胎俗骨。

第二天，老道士对窑老板说:"今天你去玩吧，但到外面无论看见什么事，无论听见谁讲话，你都不要乱管乱插嘴，我们这里是仙界，跟凡间不同。"窑老板点头答应，到山洞外一看，哇，眼前居然有一条很热闹的街市，小吃摊、小戏摊、缝衣铺、打铁铺一应俱全，简直跟凡间一模一样。

只见远处一块空地上搭了个高台，台前挤满了人，窑老板便也挤了过去。这时，一个白胡子老公公正从台上下来，揪住一个七八岁的小孩挥拳就打，小孩子的肉都被老公公打乌青了，老公公还在打，而小孩子就是不开口求饶。窑老板心肠好，危险（非常）同情那个被欺负的小孩子，就把老道士叫他不要去乱管闲事的话丢到爪哇国去了，他气愤地走上前去，责问老者为什么要狠命打那可怜的小孩。老者说："我叫他下凡去做皇帝，他不去，所以要打他！"窑老板转身对那小孩说："当皇帝不是件大好事吗？你怎么不去呢？"小孩抬头问窑老板："那你去吗？""好啊，去就去！但怎么可以随随便便调换呢？"窑老板以为那小孩在开玩笑，所以随口这么说。没想到小孩竟郑重其事地点点头表示可以的，而那老公公回到台上拿起笔在一个本子上飞快地写了几个字。

窑老板见小孩不挨打了，以为自己做了件大好事，就高高兴兴地上别处去玩了。

等他回到老道士的窟洞之后，老道士问他："今天玩得怎么样？你有没有插嘴搭舌呢？"窑老板说："我看见一个地方很闹热，有一个白胡子老公公在打个小孩，小孩的肉都被打乌青了，我实在忍不住，就走过去劝了几句，他们还说要我去做皇帝呢，你说好笑不好笑？"

老道士听了，"哎呀"一声惊叫道："你呀你，叫你不要多嘴多舌你偏偏不听我的话！现在凡间已经乱得像一锅粥了，正缺少一个真命天子。看来，你明天就要离开仙界，下凡做皇帝了。本来在这儿多好，有吃有穿，无忧无虑，也不会生病死亡。也罢，也罢！我送你两个小道士，算你的师弟，他二人会保你做皇帝坐天下的。"

就这样，窑老板下凡做了宋朝的仁宗皇帝。跟他一起下凡的两个小道士就是后来的文臣包拯和武将狄青。

（讲述者：孔慧仙　记录整理者：毛芦芦）

白娘子的娘家

"白蛇传"是人人都熟悉的故事，也知道当年白蛇在峨眉山修炼成精，破山而出，来到西湖与许仙成就了一段姻缘。但大家可能都不清楚白蛇的娘家其实就在衢州。

位于浙江西部的衢州，自古以来就是藏龙卧虎之地。特别是衢北深山，层峦叠嶂，蜿蜒逶迤。在群峰之间，巍然耸立着大栲山。山上有一个天然石室，室里有一个深不可测的山洞，叫"梁山洞"。山下有个风景秀丽的村庄，叫"娘家村"，也叫"娘家源"。相传白素贞和小青就出生在那个山洞中，这个村庄就是她们的娘家。

很久以前，这里来了一个老汉，姓梁名山，人称梁山老汉。他无妻无子，无亲无故，靠挑货郎担度日。他看中了这个冬暖夏凉的石室，便在里面安了家。

这年腊月三十，天气骤变，转眼间鹅毛大雪铺天盖地飞下来，天地间一片混沌。突然，一个老太婆从雪雾中走来。她穿着破衣烂服，拄着竹杖，满头银发。当她在老汉面前停下来时，拿出两只蛋，恳切地说："请你收下这两只蛋吧，给我两根灯草、四两清油作为交换，你不会吃亏的。"老汉给她两根灯草、四两清油，换下了两只蛋，老太婆立即消失在暮色中了。老汉好生奇怪，再仔细看了一下两只蛋，发现两只蛋很特别，一只全白，另一只却是青色的。

第二天，风停了，雪止了，户外已是一个粉妆玉琢的世界。梁老汉早早地起床来，突然惊奇地发现，那两只蛋已经破了，一动一动地竟爬出了两条蛇，一条白蛇，一条青蛇。老汉吓得要命，他颤抖着手儿去抓蛇，谁知蛇好像认识他似的点点头，四只眼睛流露出柔和的眼神，朝他的手上爬过来。孤独的老汉，看到这两条小生命如此亲热、可爱，触动了怜悯之心，不忍心把它们抛出去冻死。

梁老汉从此不再寂寞了，他爱称蛇为"玉畜"，不管到哪里都带在身边。冬去春来，这两条小蛇已有尺把长了。起初，老汉用米汤喂养它们，后来米汤已喂不饱了，老汉只得用鸡蛋喂，虽然老汉的生活更艰苦了，但看到"玉畜"们慢慢长大，老汉也就满足了。可是，四乡里的人听说老汉养着两条蛇，都说他是中了老妖婆的邪气，见了他都远避三舍。因此，老汉的小生意越来越冷淡，日子更艰难。慢慢地，老汉老起来，白蛇、青蛇日长夜大，老汉瘦弱的肩膀再也挑不动它俩了。

几年后一个春暖花开的季节，老汉喘息着唤过心爱的宝贝，凄楚地说："玉畜啊，玉畜，你们长大了，可我老了。人们说，这个山洞直通四川峨眉山，那里有高山巨川，奇花异草，你们从这洞中游去吧。"白蛇、青蛇听了老汉的话，噙着泪水久久地伏在老汉脚边不动，最后围着老汉绕了三圈，才恋恋不舍地去了。

转眼又是春暖花开，老汉因过分悲恸而哭瞎了眼，伤了腿。一天他爬到山洞深处，悲怆地喊道："玉畜呀！我的玉畜呀！你们回来吧！"

过了一会儿，只听洞中风声呼呼，并传来"沙沙"的响声，白蛇、青蛇果真回来了。它们把仙气吹进老汉心中，使他恢复了活力，又用舌头舔开老汉的眼睛，使他重见光明。

这以后，梁山老汉也成了仙，隐没于天界。白蛇、青蛇回到峨眉山，修炼成精，不久破山而出来到杭州西湖，白蛇取名白素贞，青蛇取名小青，她们的故事感动了世世代代善良的人们。大栲山人民爱戴她们，就在石室山上造了一座姑娘庙，供奉着她们的塑像。后来，白娘娘被镇压在杭州雷峰塔下，娘家村人都很伤心，千百年来这里从不演"白蛇传"。

（搜集整理者：雷文伟）

[叁]烂柯山的佛教传说

石桥寺的铁杖禅师

石桥寺，后称"宝岩寺"，梁大同七年（541年）建，以后日渐兴旺。唐宋时有高僧住持，名人往返，诗文唱和，盛极一时。

到了清咸丰、同治间，石桥寺来了个印柯禅师，他身材瘦削，模样清俊，有一身武功，常常手持一根巨大的铁杖，快步如飞地行走在山林间，脚步飒飒，衣袂飘飘，恍如神人。

据说，有一天，他走出石桥寺正准备到山下去化缘，不远处的一棵香泡树上传来一声尖叫："救命！救命啊！"原来有个淘气的放牛小鬼正在那树上摘香泡，爬得太高，却不小心一脚踏空摔了下来。

"不好！"印柯禅师惊叫着飞奔过去，但他还是晚了一步，眼看着那个小鬼就要摔在树下的一块尖角岩石上了，怎么办？但见印柯禅师急中生智，将手中的铁杖伸了出去，高高地接住了那个正在飞速下坠的牧童。

就这样，放牛小鬼的命保住了，而印柯禅师也从此被烂柯山人亲切地喊作"铁杖禅师"。

有一年深秋，铁杖禅师手持铁杖去衢州城拜访天宁寺方丈。在衢城的十字路口，他遇到一个破衣烂衫的中年妇女正伏在冰冷的地上呼天抢地地大哭着。

　　"算了，一担橘子，被抢走也就抢走了，人更重要啊！你别哭啦，自己的身子骨要紧啊！"一旁有几个人在劝她。

　　"可是，我儿子生病，本来还指望卖了这担橘子给他抓药的呀！啊呀，我苦命的儿呀，娘今天真倒灶，怎么偏偏遇到了这些狼勿狼秀勿秀的小码头鬼呀，连不值钱的橘子也要抢啊！抢去也不是拿来吃，竟拿来糟蹋，这是要遭天打雷劈的呀！"中年妇女说着，又伏在地上嗷嗷大哭起来。而不远处的南街上，有一群衣着光鲜的年轻人正在玩"踩橘子"游戏。

　　铁杖禅师看了那群不良少年一眼，弯腰问哭泣的妇女："是他们在作恶吗？"

石桥寺，后称"宝岩寺"　（黎旭东 摄）

"是啊……"中年妇女点点头，仍旧哀声哭泣。

铁杖禅师也不多言语，只是快步走到那些小青年身边，一声不吭，把手中的铁杖往其中最高大的一个人肩上一搁。那个人高马大的小青年立刻被压得弯下腰去，啊呀啊呀大叫起肩痛来。

"小施主，知道这铁杖为什么要找你算账吗?"铁杖禅师问道。

"知道，知道!"

"那还不快把橘子还给那位大娘，再把你们糟蹋掉的那部分折钱赔给她。"

"好的，好的!"小青年连声答应，朝他的伙伴一挥手，大家连忙抬着橘筐跑去向那中年妇女道歉、赔钱了。

因为心善身健，据说铁杖禅师活到八十多岁还能拿着三十斤重的铁杖健步如飞呢。

（搜集整理者：毛芦芦）

八仙造塔

相传有一年烂柯山被八仙看中了，他们仙履飘飘，时常坐在烂柯山的巨大石梁下谈经论道，下棋品茗，好不逍遥自在。

这天，吕洞宾对其他几位仙人说："人间的凡夫俗子只把我们看成道教中的仙人，其实，我们也管佛教中事啊! 你看，衢州身为钱塘江上游的重镇，水运很是发达，可惜啊，少了一座地标性的建筑物作为航标。咱们何不在江边造一座佛塔，也好叫世人知道我们对佛祖的尊敬之情。"

"好啊！好啊！"铁拐李听了，马上表示赞同："我想麻烦你到衢州城里每户人家的灶台上拆两块砖，由我负责造佛塔如何？"

吕洞宾知道这位铁拐李是"宁为鸡头，不为凤尾"的人物，就点点头说："好。我这就去搬砖。"

当然，吕洞宾搬砖，只是一眨眼的事情。神仙造塔，也是一瞬间的事情。

不等天亮，一座精美的楼阁式六面七层砖塔——天王塔，就矗立在衢州水亭街边了。

与此同时，这一晚，衢州所有的老百姓不约而同地做了这样一个梦：街头巷尾的墙上贴满了衢州府城隍的布告，要求每家每户都出两块灶砖用来建造佛塔。睡梦中的衢州百姓都觉得既开心又忧虑，因为造佛塔是一件保佑家人、造福一方的大好事，可是，家家户户灶台上的神仙可是"上天言好事，下界保平安"的灶王爷啊，万一拆取灶砖时得罪了灶王爷怎么办？

不等百姓们在梦中想清楚该不该拆灶砖时，天就亮了。

大家起床后，竟然发现每家每户的灶台上都少了两块砖，于是，张三李四王五都跟别人讲起了自己夜里做的怪梦。没想到，所有人的梦都是一样的。正当大家啧啧称奇时，有人发现了街边的天王塔，不

禁大叫："啊，塔啊！梦中被抽走的砖果真变成了一座佛塔呢！"

大家蜂拥到水亭街上去看。其实，塔那么高高地耸立着，不去水亭街，在衢州城的每个角落一抬头，都能看到这座一夜之间出现的大塔的。

直到这时，衢州人才恍然大悟，昨夜的梦，原来是神仙托给每个人的，是神仙在向大家借砖呢！

（讲述者：陈锡祥　记录整理者：毛芦芦）

天皇塔的定风珠

古代，中国佛教最鼎盛的地方要数江南，衢州则是浙江的佛教中心之一。有句顺口溜从一个侧面反映了衢州佛教的兴盛："生在苏州，住在杭州，吃赴广州，拜佛衢州，死去柳州。"

衢州城中有高耸入云的天皇塔，建于梁武帝天监年间，是国内最古老的楼阁式砖塔，六面七层，高达38米，塔身逐层至顶，翘角悬挂风铃。据清康熙《西安县志》记载：明崇祯年间大风吹坠塔顶，塔轮上铸南朝梁天监年号，"是郡未建先有塔也"，即先有天皇塔，后才有衢州城。

而民间传说天皇塔是没有塔顶的。据说，有一年，衢州地区刮了三天大风，一到夜里，每家每户的灯都点不着，只有天皇塔里的香火蜡烛还是明晃晃的。这时，有个安徽朝奉被大风赶进了天皇塔，就睡在塔底的佛像边。他发现，虽然全城都在刮大风，可是天皇塔里却一丝风也没有，感到奇怪极了。为了一探究竟，他夜里就眯起眼睛假装睡觉。半夜里，他看到塔顶有个锅盖般大小的蜘蛛正拿着一颗鸡蛋般大的明珠在塔顶作法，嘴里喊着："定风珠，定风珠，请保佑此塔平安无事。"只见那珠子银光一闪，天皇塔边所有的风就绕道而走了。

"哇，这可是大宝贝啊！"安徽朝奉起了贪心，爬上塔顶，从蜘蛛那里将那定风珠抢了过来。幸好这时铁拐李赶到，从安徽朝奉手里抢回了定风珠。不过，这时公鸡已开始打鸣报晓了。铁拐李怕衢州百姓发现这个秘密，就将刚刚夺回的定风珠压在塔顶，并抓了一把黄泥抹上固定，使得天皇塔看去就像少了一个尖顶似的，留下了些许遗憾。

而这颗定风珠，据说是孙悟空在跟铁扇公主斗阵时从灵吉菩萨那

衢州新天皇塔（陈笑贞 摄）

里借来的。他降服铁扇公主后，心急火燎地赶回天庭去还定风珠，在经过衢城上空时，见这里商市繁华，人声鼎沸，亭台楼阁目不暇接，就坠下云头到衢州城里游玩了一番。谁知衢州古城有一只锅盖一般大的八甲死（蜘蛛），已修行千年，平时专干鼠窃狗盗的行当，这次对孙悟空携带的定风珠虎视眈眈，早早就守候在天皇塔的隐秘处。这一天，趁孙悟空在水亭街玩得不亦乐乎之际，蜘蛛一口就把定风珠吞落肚中，随即躲在天皇塔的塔顶下，哪料会被安徽朝奉所偷又被铁拐李救下并封在天皇塔顶呢！

　　本来，孙悟空是要找铁拐李算账的，但铁拐李很聪明，马上跑去向灵吉菩萨奏明此事，灵吉菩萨同意将定风珠放在衢州这个佛教圣地，于是定风珠从此就留在了天皇塔顶。而有了这颗定风珠，再大的

天宁寺（陈笑贞 摄）

风浪也奈何不了衢州了，衢州历史上从来就没有发生过地震。

（讲述者：陈锡祥　记录整理者：汪芦川）

猪头和尚的传说

宋淳化年间，金华有一个和尚，俗名徐志蒙，经常穿着锦绣衣裳，在街市募钱化缘，得到的善款，都用来买猪头吃，吃完之后连骨头都找不着，大家就叫他"猪头和尚"。

到了宋景德年间，猪头和尚来到衢州北乡的百丹坪寺修炼，道法逐渐高深，法号慧通。他为民间祈福消灾，很是灵验，救贫恤苦，颇得民心。衢州太守慕名前去拜访，跟猪头和尚谈到衢州地区的天灾人祸。到了晚上，衢州太守命手下人买了个猪头请猪头和尚吃，并在猪头和尚窗下偷看。面对那喷香的大猪头，猪头和尚闭目养神，丝毫也不为所动，而吃猪头的竟是几个饿得面黄肌瘦的小鬼。

后来，猪头和尚应邀来衢州天宁寺定住。一日，从烂柯山宝岩寺来了一个游方和尚，拿着一个内装烧饼的铜盆，用筷子不断地敲着盆，在衢城大街小巷走来走去。

衢城百姓见了那游方和尚的奇怪举动，都嘲笑他是个疯子。

几天后，天宁寺的猪头和尚焚香沐浴，盘坐在偏殿里，自述偈语说："古貌昂藏，法中之王。猪头千个，不把片尝。陶其真性，吾是定光。"说完没多久就坐化了。这时人们才知，猪头和尚是定光古佛转世而来。

过了七天，猪头和尚坐化的房间内，异香满室，随即就燃起了大火，天宁寺的殿宇全部化为灰烬，只有猪头和尚的真体还完好无损。经过这场大火，衢州的老百姓这才醒悟：原来，七天前那来自烂柯山宝岩寺的游方和尚拿着筷子敲铜盆，意思就是唤大家"快快搬"，免得遭受火劫。后因众人没有悟得他的良苦用心，猪头和尚才引火烧身，免了百姓一劫。

衢城百姓因为感念猪头和尚的恩德，就重造了天宁寺，并用生漆将其真体好好地胶裹了一遍，供奉在偏殿里，供后人朝拜。

（搜集整理者：汪芦川）

和尚灶的来历

俗话说："山不在高，有仙则名；水不在深，有龙则灵。"烂柯山因王质成仙出名，道士、和尚也纷纷上山。道士在梅岩洞修了道观，和尚在石梁下建了庙宇。

和尚、道士搬来附近灰色的石块，垒成灶头，炒菜烧饭。不知过了多少年月，一个小和尚不小心，把水溅到灶头的石块上，"嗤"的一声，石块突然冒出浓烈的白色烟雾。小和尚慌了手脚，把整勺水都倒向石块。石块被这水一浇，立马粉身碎骨，变成了白色粉末。原来，垒灶的石灰石被小和尚长年累月地烧着，就变成了生石灰。

后来，人们发现石灰拌黄泥、沙子，可以做建房的黏合剂，有人就专门从事垒窑烧石灰的行业。当地至今还有个自然村叫"和尚灶"，采石烧窑的地方叫"灰山"。

至于烧窑，则使用一种外形类似谷仓的石灰窑。窑工们用石头砌成环状围墙，里面先放上易燃的干草、松木，再把石头和松枝一层层交错放置，同时将围墙垒高，外部以草绳固定，垒到一定高度后就封顶并点火，烧制完成后便能得到石灰。

灰山的石灰除了供应衢州本地，还远销温州。烂柯山上有一条自西北向东南的千年古驿道，是风水中所谓的"长道"。这条古驿道东连遂昌、松阳、处州（今丽水）、温州，往西经常山通向信州（江西上饶）、亳州（安徽亳州），经江山通往福建漳州、泉州等地。在交通不发达的年代，这条驿道是连接浙南沿海至浙中西地区最直接、最便捷的"海上丝绸之路"。

笔者的爷爷徐樟荣，新中国成立前就是这条古驿道上的挑夫，把烂柯山的石灰挑到松阳，再从松阳挑回食盐，六天一个来回。

荆溪灰山大规模开山采石和烧制石灰的历史早已结束，但这里出产的石灰，曾经孕育了古城衢州的繁华，成为衢州城历史积淀中不可或缺的元素。

（搜集整理者：徐为全）

斗诗过桥

清朝末年，在离衢州城不远的烂柯山旁的清和滩上建了一座大桥。大桥通行的第一天，正值清和滩村的郑姑娘出嫁，花轿要经过新落成的清和桥。地主郑霸听说郑姑娘的花轿要第一个过新桥，大发雷霆，说："新桥我没走过，谁也别想过！"清和殿里的刘和尚有一班打手，称霸一方，也说："这新桥我没走过，哪个也不准过！"但郑姑娘毫不示弱，叫亲友传出话去："新娘子的花轿今天一定要先过清和桥。"众人听说此事，虽心里支持郑姑娘，可也为她捏了一把汗。

这天下午，郑霸与刘和尚同时来到新桥头争先过桥，正争执不下，郑姑娘的花轿到了。聪明伶俐的郑姑娘想出一条妙计，她有礼貌地对郑霸与刘和尚说："要先过桥，有个好办法：按年岁大小，以'清''和''桥'三字为题当众斗诗，喝彩声最多的先过桥。"郑霸与刘和尚都想乘机出出风头，就答应了。

群众越聚越多，斗诗开始了。刘和尚年纪最大，他以"清"字为题第一个作诗。只见他晃了一下秃头，说："有水是清，无水也是青，清字去了水，加争便为静，清清静静人人爱，我腰间悬个香纸袋，到了西天取个活佛来。"郑霸不甘示弱，马上以"和"字为题，吟道："有口是和，无口也是禾，和字去了口，加斗便成科。科科举举人人爱，我腰间悬个笔墨袋，到了京都中个状元来。"群众听了，心想：他们一个想升天，长生不老；一个想升官，渴望荣华富贵，都只为自己考虑，所以勉强为他们叫了几声好。轮到郑姑娘了，郑姑娘以"桥"字为题，从容不迫地咏出诗来："有木是桥，无木也是乔，桥字去了木，加马就是骄，骄骄横横人不爱，我腰间悬个功德袋，到了夫家勤劳动，子子孙孙修桥来。"话音刚落，四周一片欢腾，群众齐呼："新娘子吟得最好，花轿先过新桥！"郑霸和刘和尚自觉没趣，便灰溜溜地走了。

鞭炮齐鸣，欢声雷动。郑姑娘的花轿在乡亲们的簇拥下，光光彩彩地第一个过了清和桥。

（搜集整理者：汪芦川）

前世今生的传说

1.狐狸精怀孕

在衢州，南有烂柯山，西有鹿鸣山，两山遥遥相对，就像一对姊妹花守护着衢州城。烂柯山的传说很多很多，鹿鸣山的故事也不少。话说在鹿鸣山的原始森林中有不少奇珍异兽，其中有个小狐狸经过五百年的修炼成了精，变成了回垄庵中的小尼姑，迷上了负责下山挑水的小和尚钱世，并做出了出格事。

不久，狐狸精变成的小尼姑怀孕了。这天深夜，小尼姑挺着一个大肚子爬上了鹿鸣山，摸到普同塔旁停了下来，徘徊不去。眼看着鸡

叫的时刻就要到了,它终于鼓起勇气,推开庙门,悄悄走进小和尚钱世的房间,吵着要和他成亲,这可把钱世吓坏了……

钱世日渐消瘦,他怕丑事败露,利用去江里挑水之机寻了短见。狐狸精得知钱世的死讯,悲痛万分,也想自杀。但它为了自己肚子里的孩子,强忍着悲伤,每天都到山上东岳庙里听经拜佛。

2.向方丈托儿

这天,暮色降临,东岳庙里送走了最后一批香客,归于宁静。午夜,面容憔悴的狐狸精生下了孩子,它把婴儿交给方丈,拜托他抚养,告诉他自己实为五百年前的狐狸成了精,虽然今世与钱世缘分已尽,但求来世还能与他缔结姻缘。狐狸精恳求方丈第二天务必要派人到河边,把它的皮与钱世合墓安葬。

第二天一早,方丈就带领庙里的大小和尚来到河边,果然发现地上有一张狐狸皮,于是把狐狸皮与钱世同埋在松林的一处石凹中,找来石块砌成一个石坟,并在坟头上竖了碑,上刻"钱狐之墓"四个字。

3.五百年之后

一晃五百年过去了,鹿鸣山上的东岳庙、项王庙、钟灵阁、赵氏墓、钱狐墓都先后不见了踪影,只在隐秘处留下一块"天开一水"的青石碑和"鹿鸣山""回垄庵"以及"普同塔"三处地名。

这年,似乎冥冥中有什么缘由,一个名叫金生的人,不顾家人反对，执意要在回垄庵遍地磷火的石凹处建房安家。在挖地基时，金生突然发现了一座石墓。他打开墓穴一看，只见墓棺上有张狐狸皮作为棺罩，撬开石棺，一股阴气倏然冲出。石棺内躺着一个女子，面容如凝脂一般光滑细腻，栩栩如生，酥胸喷薄，四肢柔软，伸屈自如，似曾相识。尸体旁另有一副骨架以及一块黄绸布，上有字迹清晰可见："儿呀，请把此狐皮和石棺中的骨架一把火烧了吧，好让我们转世投胎……"

金生一愣神，仿佛一下子沉进了岁月长河的深处，对从来没有见过面的父母亲似乎有了某种感应，五百年以前的往事似幻似梦浮现在眼前，于是他一把火将狐皮和石棺中的骨架烧了，并念经超度了他好多世之前的父母。

（讲述者：陈锡祥　记录整理者：毛芦芦）

鹿鸣山下的郁金香花海（陈笑贞 摄）

[肆]烂柯山一带的民俗传说

龙子扮小牛的传说

传说古时候有一条小母龙，看上了衢州烂柯山东边济川村一个勤劳、英俊的年轻农民，变成一个美貌姑娘，与那农民偷偷结婚并怀上了孩子。

小母龙本来在凡间生活得很幸福，可这事被一个黄鳝精知道了。他本来很喜欢小母龙，可小母龙拒绝了他。如今，见小母龙竟然爱上了一个农民，他非常不甘心，就向天庭告发了这事。玉皇大帝认为小母龙触犯了天条，下令将小母龙缉拿归案并处斩。

可怜的小母龙在临死前生下了她的孩子，是个小龙子。小龙子被困在济川村，想到东海去，可烂柯山的保护神王灵官却收到天庭的命令要拦截他。怎么办呢？当时济川殿里的菩萨很好心，给小龙子出了个主意，叫小龙子变成一条泥鳅，从烂柯山下钻过去。但王灵官太负责任了，他把烂柯山看得这样紧，就是一条小泥鳅，想要溜走也很困难。

这一天，变成泥鳅的小龙子见王灵官和他的手下团团围着烂柯山，着急得不得了。恰在这时，有个牧童赶了一群牛从小龙子身边经过，小龙子灵机一动，马上变成一条小牛，故意"哞哞"大叫着，和牛群一起混过了王灵官的岗哨。

最后，小龙子通过乌溪江游进东海，做了东海龙王。

从那以后，烂柯山边上的人说话，时不时就会"哞"一下，那就是东海龙王留给他们的纪念。

（讲述者：黄根发　记录整理者：毛芦芦）

乌饭的传说

"四月八，雨唰唰，田里地里忙得慌。"这话讲的是农历四月初八这一天农民们冒雨劳作的情景。这一天，如果你到浙西衢州一带农家做客，好客的主人会端出乌黑发亮、清香可口的青精饭（俗称"乌饭"）请你品尝。

衢州布龙（陈笑贞 摄）

青精饭是用南天烛(一名"青精树")的茎叶捣烂滤汁泡糯米，晾干蒸煮而成。

浙西人为什么要在四月初八这天吃乌饭呢？说起来还跟烂柯山有一定关系呢。传说古时候有个人叫目连，他的母亲青提夫人触犯了"天条"，被玉皇大帝关进地狱的饿鬼道中。目连孝敬母亲，每天给母亲送饭，可吃食全被饿鬼抢了，根本到不了他母亲手中。目连想出一个主意，到烂柯山上寻到一种乌树叶，把乌叶汁挤入饭中。饿鬼见他的饭黑漆漆的，以为很脏，不敢吃了。这样，目连的母亲才吃到儿子送来的饭。母亲因为相信儿子，所以不管饭颜色难看不难看，拿起就吃。没想到那饭特别清香，而且吃了后精神倍增。玉皇大帝被目连对母亲的一片孝心感动，释放了目连的母亲。

后来目连母亲就开始向别人讲述乌饭的好处。从此，衢州人每逢农历四月初八，都要上山采乌叶做饭吃。

（讲述者：余存远　记录整理者：毛芦芦）

八脚螺与王书生

乾隆帝在位的那些年，烂柯山下，衢州城里，王质的后代中出了一位姓王的书生。这人聪明绝顶，读书过目不忘，琴棋书画也件件皆能。但是他有一个怪脾气，就是喜欢捉八脚螺（蜘蛛）。年复一年，勿晓得被他灭了几千几万只八脚螺的性命。

被害死的八脚蟮缠着王书生阴魂不散，王书生走到哪里，它们就跟到哪里。王书生上京赶考，它们也跟到京城。王书生做好文章交上去后，那些阴魂就往上面爬，把原来清清楚楚的文章爬得糊里糊涂。主考官一看是个疙瘩块，就一把将它扔进纸篓里。就这样，王书生考了一次又一次，考到头发胡须皆白，还没考着个功名。

王书生为了考功名，把家产荡得精光，日子过得很苦。有一年腊月廿三送灶君老佛上天，王书生实在拿不出什么东西摆，就洒了一杯清水，撮了一撮旱烟放在灶君老佛面前，对灶君老佛说："一杯清水一撮烟，送您灶君老佛上九天。碰到玉皇大帝同他讲，王书生夫妇真可怜。"灶君老佛上天后，就同玉皇大帝说了这事。玉皇大帝听了，把账簿一翻，当真查到下界衢州府有个姓王的书生，应该做丞相的，怎么到了六十甲子满还未得中状元？再一查，哦，原来有一批八脚蟮的阴魂缠着他。于是，玉皇大帝派天兵下凡，在王书生家门前挂起了天灯，又送了一块匾，上面写着"状元及第"四个字，挂在王书生大门顶，这样，八脚蟮的阴魂便不敢近王书生的身了。

年三十夜，城里有个老板点起灯笼，到处上门讨账。当他走到王书生家门口时，看见王书生门前有一盏灯忽明忽暗，又恍惚看见门顶有一块"状元及第"的匾额，老板心想：这大概是老佛或者神仙显灵，看来王书生出头之日就要到了，不如再借点盘缠给他，让他再上京赶考，说不定能考上个状元、探花什么的。到那时，他那点债便无所谓还不还了。

老板想到这里，便没有进门去讨债，而是回转头，到家中拿了一套新衣裳和许多银子送给王书生，劝他明年再去考。

王书生本来已经死了"功名"这头心事，现在见这位老板这样有心助他，便决定再去试试。

第二年又正是大会考的年份。过了正月，王书生背起行囊辞别妻子，上京赶考去了。他刚走出门口，忽然一阵狂风，把他的一把雨伞刮走。他转身回来跟妻子说："我不去了。"妻子问他为什么不去，他说："一出门雨伞就被风刮走，晦气得很。"妻子说："好事体啊！雨伞好比乌云，如今是拨开乌云见青天，你还不快去！"王书生被妻子这么一说，觉得蛮有道理，起身又走。城门外，有一座木板桥，多年失修，木板已经朽烂。王书生走到桥中央，木板一断，人跌进水里，一身衣裳湿淋淋的。他又转来跟妻子说："我再不去考了。你看看，桥被踩断，衣裳也被浸湿。"妻子说："越发好啊！断了烂桥换新桥，脱了蓝衫换紫袍。"王书生一听又转忧为喜，返身又去。

到了考场，王书生认真做好文章送了上去，这一回没有八脚蟢爬了，文章清清楚楚，主考官看过后，很是满意，点他为头名状元。皇帝也很赏识他的才学，封他做了丞相。

（讲述者：方小红　记录整理者：谢琳）

吾头师晒谷

勿晓得哪个年代，西安县棠村来了一户原先住在烂柯山的人家。这户人家有个叫吾头师的青年，会作法。

他们家有一片田在里秋垄。到里秋垄，要过江山港。有一日吾头师和他的哥哥在里秋垄割稻，割到日头公下山，稻子还没割完，哥哥就对吾头师说："我们歇工算了，反正割不完……"吾头师说："路这样远，今天回去明天再来多麻烦呀，今天割割掉算啦！"哥哥又说："割完又挑不回去！"吾头师说："哥哥，你认挑一担就是了，多余的我包了。"于是，两人又割。

终于，一大片稻谷全割完、打完了，哥哥挑了一担谷先走了，对吾头师说："稻桶里还有两担谷光景，即使力大挑得动，也没有箩筐盛啊，看你怎么个挑法！"吾头师笑笑，没有回答。

待哥哥走了，吾头师连忙作起法来：他把稻桶当船，插簟当帆，云当水，自己站在稻桶里一摇两摇很快便摇到家门口。降下云头后，他娘见他一个人竟弄回了那么多稻谷，吃惊极了。吾头师也不跟娘说什么，吃过饭便坐在门口乘凉，过了很久，才看到哥哥把一担稻谷挑到了家门口。

因为他们家刚从烂柯山搬来，还没晒谷场。地方上的人欺生，尽管有晒谷场空着，也不肯借给他家里晒谷。吾头师的娘很着急，对吾头师说："老二，我们家没有晒谷场，这么多湿谷不晒要芽掉的。你平

时不是很有办法吗？现在赶快给娘想个办法吧！"吾头师说："这有何难！前面江山港水面平平整整的，不是很好的晒谷场吗？"娘说："傻子，水面上怎么好晒谷呀？"吾头师道："娘，你放心，我自有办法。"于是，他拿了一把扫帚，到棠村寺和富金殿把这两个地方的老佛全部赶了出来，为他在江面上托牢箪皮，他的谷也就晒在江面上了。

到了下午吃点心的时辰，吾头师又念念有词地作起法来，晴朗的天空立刻下起大雨来，而且这些大雨全都落在别人的晒谷场上，把人家即将晒燥的谷淋得像水里捞起来一样。而江山港上空照样日头红刮刮的，吾头师家的谷晒了一天，全燥松松地归柜了。

（讲述者：毛家英　记录整理者：汪芦川）

关公变红脸的传说

从前，关公还没成佛前，曾经做过一回佛的实习生，经常跟在如来佛祖后边，就像如来佛的一个小弟弟，所以特别羡慕如来佛祖。

一天，关公对如来佛说："我也想做老佛。"如来佛说："做老佛要会怄气。像你这样的人，一点气都怄不住，怎么好做老佛？"关公向如来佛保证说："你就让我试试看，我一定怄得住气的。"如来佛说："你要是真的想做老佛，明天就躲在衢州烂柯山大路边的杨柳树顶，无论看到好事坏事，都不准说话。怄一日气，学学怎么做老佛吧！"

第二天，天才破晓，关公就悄悄来到烂柯山，爬上路边的一棵杨柳树顶，躲在叶丛中看着过往行人。起先，人们自在地来来去去，没有什么好气的事。但到了中午，气人的事情就来了。只见一个生意人挑着两麻袋铜钿，满头大汗，直朝杨柳树走来。到了杨柳树下，见路旁有一条溪，他便把麻袋歇在路边，到溪里洗手揩身。他下溪时，正碰到一个妇女拎着一篮洗好的衣裳从溪里走上来。他们还相互点点头，算是打了个招呼。

这时，有个男子挑着两只水桶从不远处的屋子里走出来，到溪里来挑水。他突然看见路上有两只胀鼓鼓的麻袋，用手一摸，发觉里面装的是铜钿，就起了贪心，随手抓起麻袋塞进水桶，连忙挑回家去了。

关公雕塑

等生意人从溪里上来时，哪里还有麻袋？"一定是刚才那个洗衣裳的妇女将我的麻袋偷走啦！"他想到这里，便拼命跑拼命跑，追上了那个洗衣裳的妇女，问："你是不是把我歇在路边的两只麻袋拿走了？"那个妇女说："你不要血口喷人，我连麻袋是哈冷个（怎么个）样子都晓勿着，怎么好说是我拿的？"但生意人一口咬定是她拿的，非叫她把麻袋还他不可。

这个妇女感觉自己是一匹白布跌到了染缸里，怎么也洗不清白了，一气之下，就返身跑到溪边纵身跳进去寻死了。生意人见这个妇女跳入深溪，很害怕，想去捞又不会游水，只好在岸边干着急。眼见着那妇女在水里扑腾了几下淹死了，生意人就想：这人命案要是被查出来，我横竖是要抵命的。反正迟早都是死，不如现在死了干净！于是，他眼一闭，也跳到深溪里去寻死了。

关公躲在杨柳树顶把这件事看得清清楚楚。他见那个挑水人竟因为自己的贪心害死了两条人命，心中气得很，肺都快气炸了，脸气得通红通红，像猴子的屁股。

这时，如来佛来了，见到关公这副样子，就哈哈大笑着说："看你，学做老佛，说一定要恝住气的，可你到底没恝住吧！"关公就把在杨柳树顶看到的事一五一十地讲给如来佛听。如来佛听了这桩气人的事后，就向关公解释："你不要气，要晓得，在前世，这个生意人同那个妇女是一对夫妻，本来是开饭店的。而这个挑水的人在前世却是个跑生意的人。有一次，他带了两麻袋铜钿到这夫妻俩开的饭店投宿，到了半夜，这夫妻俩趁他睡得正香时把他杀了扔进深潭，将两麻袋铜钿占为己有了。你今天看见的那挑水人拿去的两麻袋铜钿，就是这对夫妻在今生还给他的呀!"

关公听了，明白了做老佛要看透人间的各种事情因缘，气也就慢慢消了，但从此他的红脸就再也变不回去了。所以，我们现在看到的关公像，脸都是红红的。

(讲述者: 毛家英　记录整理者: 汪芦川)

尉迟恭造城的传说

相传唐初开国功臣尉迟恭奉命建筑衢州城。

当时，衢州水亭门一带还是个小渔村，大块鹅卵石砌成的江堤边弥漫着一股浓浓的鱼腥味。

因筑城材料短缺，筑城工作困难重重。正当尉迟恭愁眉不展之时，从烂柯山上走下来一位鹤发童颜、长髯飘飘的道人。只见他身背屠龙宝剑，腰悬金丹葫芦，手执玉柄拂尘，脚步铿锵，红光满面，气度非凡。尉迟恭知道来了奇人，便很谦恭地上前向那道人作了一揖，问:

"道长神算，莫非是晓得我筑城遇阻，前来帮我造城的?"

"呵呵，北面有座馒头山，何不移来填墙基?"老道说罢，飘然而去。

水亭门外风景（陈笑贞 摄）

"哇，多谢道长指点！"尉迟恭一听，茅塞顿开。

从此，尉迟恭亲自动员衢州城乡百姓上馒头山去挖山取土，通过万众一心"愚公移山"，终于为衢州城筑下厚实的城墙基础。尉迟恭为了督促大家一鼓作气，建筑永固之城墙，又派人在峥嵘山下建钟楼和鼓楼，晨钟暮鼓，以安排百姓的作息时间。

尉迟恭又四处筹备钱款，命工匠日夜铸造厚实的城砖。经过上下一心的努力，一圈高大雄伟的城墙终于建造起来了。东南西北六座城门镶嵌其中，城东、南、北三面开城壕，壕深十尺，宽五十尺。城西面以衢江为壕，架浮桥子其上，沟通江东江西。而且，还建成了气势恢宏的水亭门码头，使之成为天下三十六个著名码头之一。

衢州城中则分为东、西两镇，东城曰"峥嵘镇"，西城为"鹿鸣镇"，两镇之间，有青山，有麦田，有湖泊，一派"城里青山屋外田，茅檐麦浪起炊烟。小楼昨夜笙歌散，应有插秧人未眠"的景象。

天上的玉皇大帝看见巍峨耸立的衢州城墙，看见衢州城内风景旖

旎，百姓安居乐业，认为尉迟恭劳苦功高，就封他做了"门神"镇守衢

州。尉迟恭死后，还被玉帝追封为衢州城隍呢。

（讲述者：陈锡祥　记录整理者：毛芦芦）

尉迟门神收"三怪"

我们衢州不是有"三怪"吗？听老辈人说，钟楼上的独角怪是魁

星的硃笔精，县学塘的白布怪是观音菩萨的腰带精，蛟池塘的鸭怪

是王母娘娘瑶池里的老鸭精。这"三怪"是被啥人收服的呢？是监造

衢州城的鄂国公尉迟敬德。这位黑脸将军建好衢州城后，衢州民众

感激他的恩德，家家户户画了他的像贴在大门上。玉皇大帝也认为他

劳苦功高，便顺了民心封他为门神。他做了神后，也不愿离开这座他亲

手监造的雄伟而美丽的衢州城，也就高高兴兴地镇守在衢州。

他是怎么收服"三怪"的呢？原来还是盈川的城隍菩萨教他的

办法。这城隍菩萨叫杨炯，是大唐的诗人，尉迟恭是大唐的将军，

两人做神后便交上朋友啦！一天，尉迟恭在盈川城隍庙与杨城隍

玩棋玩得交关（非常）高兴，突然来了个手下人禀告说，近来城里闹

"三怪"：钟楼上的独角怪，青面獠牙，血盆大口，晚上看到行人便

追；县学塘的白布怪，像一匹白布躺在地上，过路人经过便被缠住

身子，拖进塘里；蛟池塘的鸭怪，半夜里发出可怕的叫声，附近居

民很多人被吓得生了病。这"三怪"弄得全城百姓人心惶惶，不得安宁！太阳没下山，便家家关门闭户。尉迟恭听后十分气愤，心想：本爷不过出门玩几天，想不到这些妖魔鬼怪就乘虚而入，闯进我衢州城作祟，把本来欢声笑语的衢州城闹得乌烟瘴气，我一定要收拾这几个孽障。想毕便要起身回衢，杨城隍劝阻说："将军的心情我理解。不过兵法上说'知彼知己百战不殆'，你要收拾这'三怪'，先要晓得这'三怪'的来历。"尉迟恭一听，觉得杨城隍的话很有道理，便说："那怎样才能晓得这'三怪'的来历呢？"杨城隍说："我先祖杨戬头上有三只眼睛，那额头上的火眼能上看三十三洞天，下察七十二地狱。我写封信你带去找他，他定能告诉你，并教你收服'三

衢州钟楼底（陈笑贞 摄）

怪'的办法。"

尉迟恭大喜，接过杨城隍的信便告辞出庙，踏上云头向南天门去了。刚要跨进南天门，就碰到牵着天狗的二郎神杨戬。尉迟恭连忙上前向二郎神打躬作揖，并交上了杨城隍的信。这二郎神接过，见是他的第十八代孙的亲笔信，便仔仔细细地看了起来，看完后说："本来我不想管闲事了，只是看在我孙辈的情面上，为你看看这'三怪'的来历。"接着，二郎神便睁开额上的火眼朝下界观看。片刻，他对尉迟恭说："这'三怪'来历可不小呢！独角怪是老魁星的硃笔精，白布怪是观音的腰带精，鸭怪是王母瑶池里的老鸭精。将军的本领虽大，可打狗得看主人面，不能伤害它们。最好的办法是请魏徵丞相向玉帝奏

今日县学塘（陈笑贞 摄）

本，由玉帝下旨让它们的主人来收，方是上策。"

尉迟恭依了二郎神的意见，下地府找到了魏徵丞相。谁知这牛鼻子道人只顾呼呼地打盹；经尉迟恭再三摇头挖鼻，他才睡眼惺忪地说："我早算到你会来的。我已向玉帝奏过一本，并已讨来三件宝物：一是魁星的笔筒，二是观音的拂帚，三是王母的发罩。你用这'三宝'必能收服'三怪'。"尉迟恭接过"三宝"，谢别魏徵，便回到阳间衢州城里。就这样，他用笔筒收进硃笔精，用拂帚收回腰带精，用发罩网住老鸭精，然后分别交还它们的主人管教。"三怪"便是这样被尉迟恭收服的，现今的衢州城再也没有"三怪"了。

（讲述者：赖金珠　记录整理者：杨典喜）

陈半城筑城遇怪

据说，在元至正年间，衢州城经过连年战乱，到处断垣残壁，面临着重修的艰巨任务。衢州监郡伯颜忽都和总管高存诚为此召集地方官商量此事。陈庆甫是衢州府西安县万川镇的大富商，他带头捐出五万两白银用来修复城墙，因为当时筑城的一半财力都是他家出的，所以衢州老百姓都喊陈庆甫为"陈半城"。

陈半城负责监工修城，经过几个月的日夜奋战，衢州城粗具规模。唯有水亭门外江水湍急，难以落基。为此，陈半城焦急万分。这天夜里，他做了个梦，梦见一黑面长身的威严老者来到他床前说："你知

水亭门(陈笑贞 摄)

道这城墙为何迟迟不能砌成吗?因为江中有一条乌鱼精在作怪。它专门在江边石洞中筑巢,所以你们的城基屡建屡毁。"

陈半城从梦中惊醒,正疑惑间,空中传来了一阵低沉有力的说话声:"我乃当年初建衢州城的尉迟恭也。今日见你慷慨出资重筑衢城,却遇到乌鱼精在此兴风作浪,我岂能袖手旁观,故来给你出个点子。"陈半城一听,连忙跪地叩拜道:"久仰尉迟公大名,今日得见老前辈,真乃三生有幸!只不知您有何计策可以收服乌鱼精?"尉迟恭道:"只需要端午节这天如此这般……到时一定能旗开得胜。"

端午节说来就来了。这天,整个衢州城的老百姓闻风而动,前来助威。只见陈半城站在水亭码头的高台上，身旁摆着好几捆菖蒲，菖蒲叶子在风中唰唰飘动。到了尉迟恭指定的时辰，陈半城立刻吩咐手下把那些菖蒲叶全抛进了衢江。只见菖蒲叶在水中翻滚，顷刻间化成了一把把利剑，四面围堵乌鱼精。乌鱼精上蹿下跳，竭力翻滚，四处突围。无奈它往东菖蒲剑也往东，它往西菖蒲剑也往西，直追得它无处可逃。最终，它被逼出水面，在空中翻了滚，继而啪啦啦一阵乱跳，最后重重地落在江边的石条上，顿时摔得乌血四溅，一命呜呼。百姓欢声雷动，都激动地涌向陈半城，心悦诚服地跪倒在他面前。

从此，筑城工作就一帆风顺了，不出一月，衢州城墙就被修复一新了。

（讲述者：陈锡祥　记录整理者：毛芦芦）

田螺仙子的传说

据说，在衢州城有一条小弄堂，叫"混塘弄"。混塘弄里住着个小伙子，父母双亡，只他一个人靠到烂柯山砍柴为生。这天，下着毛毛细雨，小伙子不能去烂柯山砍柴了，就准备在离家不远的池塘里钓点黄鳝拿去卖钱。可惜，老半天都没有收获。正当他垂头丧气收拾了鱼篓准备回家时，突然发现塘边有个大田螺被一块石头压住了，动弹不得。他花了老大的力气把石头掀了，捡起大田螺，捧回家，养在了水缸里。这时，天已放晴，小伙子就拿起柴刀去烂柯山砍柴了。

说来也怪，当他从烂柯山砍柴回家后，发现乱糟糟的家里竟然被人收拾得整整齐齐，而且桌子上还放着热乎乎的饭菜。

当时，小伙子饿极了，所以也没有多想，坐下来就把桌上的饭菜一扫而光。

奇怪的是，从那以后，他每天砍柴回家，都能吃到现成的饭菜。

小伙子起先还以为是隔壁邻舍帮了他。可是，他东问西问，大家都说并没有去他家帮过忙。再说，混塘弄里的邻居，一个个日子过得并不富裕，有谁会白白出钱天天请他吃饭呢？

小伙子思来想去，总是想不明白其中的奥秘。这天，他装成出门砍柴，然后悄悄折返，躲在弄堂口，默默等待着。黄昏时分，怪事出现了，自家那紧锁着门的屋脊上，居然冒出了袅袅炊烟。

小伙子以百米冲刺的速度跑回家开了门，走进灶屋底一看，天啊，灶台边居然有一位貌若天仙的姑娘正在那里炒菜呢！

"你是谁？"小伙子失声问道。

哪知那姑娘一听见小伙子的声音，立刻一闪身躲了起来，小伙子怎么找也找不到。而第二天，当他去烂柯山砍了柴回到家里时，又见一桌热腾腾的饭菜。

小伙子忍不住把这怪事跟邻居说了，害得附近几条巷子的年轻"码头鬼"天天围着他的小屋乱转，企图抓住那天仙般美丽的神秘姑娘。

陈锡祥先生和妻子于采风途中（毛芦芦 摄）

这天，砍柴小伙又去烂柯山上砍柴了，遇到一位白衣道长，道长问他是不是曾经从大石块下救过一只大田螺。

"对呀，你怎么知道啊？"小伙子惊讶地问道长。

白衣道长捋着胡子笑道："哈哈，我还知道那大田螺里住着一个田螺仙子，她天天都从田螺里钻出来，为你烧菜煮饭呢！"

"啊？连这个你也知道啊，看来你是活神仙啊！"小伙子连忙冲着道长跪了下来，"请活神仙告诉我怎么才能留住田螺仙子。"

"这不难，你只要赶快回家，趁她还没有钻回螺壳之前，把螺壳毁掉就行！"

小伙子连忙飞奔回家，田螺仙子正好在灶台边烧饭，他立刻从水缸中拿出田螺壳，一斧头把它砸得稀烂。从此，田螺仙子就留在小伙子家里，和小伙子拜堂成亲、生儿育女啦！

（讲述者：陈锡祥　记录整理者：毛芦芦）

钟馗的传说

话说有一天钟馗受朋友的邀请来到衢州烂柯山游玩，大家又是吟诗又是下棋又是唱歌，玩得好不尽兴。日头快要落山时，钟馗说他要去捉鬼，先行一步。可是，临走前，他却不忘戏弄朋友一番。只见他悄悄找来一根竹竿，把它插在地上，嘴里念动咒语，地上立刻投下一道上午八九点钟的日影。钟馗望着那日影，调皮地一笑，说："你们既然贪玩，就索性让你们玩个痛快吧！"

朋友们正玩得开心，看见日影还早，就一直玩了下去。直到肚子饿得不行了，看看那日影还在原位上，这才觉得不对劲。当大家打道回府时，发现天其实早就黑了，繁星早已爬上了天空，这才明白是被钟馗捉弄了。

第二天，朋友们收到了钟馗的请柬，说为了礼尚往来，他要请朋友们去鹿鸣山寺庙和岑川泉等处游玩。大家都知道，岑川泉边有著名的赵姬之墓。赵姬是广陵人，为衢州太守瞿溥的小妾，聪慧过人，美艳照人，善弹琵琶。可惜红颜薄命，才十六七岁她就因病去世，被葬在鹿鸣山岑川泉边。

这天，钟馗带着朋友们在岑川泉边观荷花，看美景，喝佳酿，玩到日薄西山时，钟馗又提前告辞了。

直到钟馗走得没了踪影，朋友们才大舒一口气，庆幸这天总算没有被那老顽童捉弄。

大家正这么想时，有人突然指着岑川泉大叫起来："看啊，潭里有那么多寸了鬼（一种小鱼）啊！"

朋友们一看，真的，只见岑川泉中密密麻麻挤满了小鱼，大家连忙笑着去捉鱼。有个心急鬼还脱了外衣扑通一下跳进潭中抓鱼去了。

可是，等那些鱼被捉上岸，一看，哪里是鱼啊，分明是树叶嘛！这下，朋友们才明白，他们又被钟馗捉弄了。

但是，钟馗也有触霉头的时光。一天深夜，一群鬼怪在城墙上愤愤不平地说："钟馗整天与我们作对，我们得想个办法惩罚他一下。"

群鬼们想啊想，终于想出了个鬼主意。

这天晚上，钟馗捉鬼回家，半路上突然听见背后有窸窸窣窣的声音。于是，钟馗也来一套"走夜路，吹口哨，自己拿自己壮胆"的把戏，吹起了口哨。哪里想到，不管他怎么吹，背后窸窸窣窣的声音却一直跟着他。钟馗干脆跑了起来，可那窸窸窣窣的声音更响了。

"难道鬼怪们三日不打，上房揭瓦啦？"钟馗到底是捉鬼的，能怕鬼吗？他定下心来，转过身去看，可是，什么也没看见。

可当他起步走路时，那声音又窸窸窣窣地跟了过来。这下，连捉鬼专业户钟馗心里也发毛了。最后，他战战兢兢回到家，在脱鞋子时才发现，那个一直跟着他窸窸窣窣作怪的"鬼"，原来只是粘在他脚后跟上的一张粽叶。真是打了一辈子鹰，却被鹰叼了眼啊！

（讲述者：陈锡祥　记录整理者：毛芦芦）

[伍]烂柯山一带的地名传说

烂柯山的由来

传说有一老一少两个神仙，这天从天上下凡，路过衢州府大洲镇五石埂石后垄自然村。师父觉得那里地形蛮好，想造点名堂出来，但徒弟却不满意。师父就说："你要是有本事，自己去找个好地方，我们比一比，看谁能把自己看中的地方造得更奇妙！"徒弟答应了。于是，师父就留在石后垄，徒弟继续往前走。徒弟一走走到烂柯山，看见那里树林深风景好，还有烟霞飘飘，不禁停下脚步大叫了一声："就是这里了！"

徒弟选中了烂柯山最高的一座山，马上就在那里嗨呼嗨呼作起法来。他一边念咒，一边伸手在半山腰砍了个大洞，踏出一大片平地，又用肩膀往上顶出一条不得了大的石梁。没有半天工夫，就造出了一个石室，又大又凉快。

石室风光（黎旭东 摄）

　　正当徒弟坐在石室中歇息时，师父来了。师父在石后垄造山才造了一半，本来是想来看徒弟出洋相的，哪想到徒弟已经成功了。师父见自己徒弟的本事这样好，非常高兴，不由得大笑起来，结果把自己笑死了，石后垄的山，就再也没人去造了。

　　这就是烂柯山的由来。

　　　　　　　　　　　（讲述者：黄根发　记录整理者：毛芦芦）

烂柯山仙集观的来历

　　话说北宋初年，在烂柯山宝岩寺东面有一个清澈的池塘，池边有一片青绿的樟树林。这天，池塘边飞来一群仙鹤，它们一会儿扇动着洁白的翅膀在水面上翩翩起舞，一会儿合起翅膀蹲在樟树上歇息，一会儿又扬起脖子，对着山林嘎嘎地唱歌。

一个在烂柯山中砍柴的樵夫看见了，停下柴刀，久久地望着仙鹤，就像喝醉了酒似的，心中迷迷醉醉的，完全忘记了自己要干什么，黄昏时竟空着手回家去了。妻子问他："你砍的柴呢？"樵夫答非所问地说："我看见了一大群仙鹤！"

第二天，仙鹤仍在那池边林地上徘徊。一个在烂柯山中种玉米的农夫看见了，也被仙鹤优雅的舞姿迷住了，结果黄昏时回到家，妻子问他玉米种得怎么样，他才"啊呀"一声叫了起来，说："今天我只顾看仙鹤了，都忘了种玉米！"

第三天，一个放牛娃被这些仙鹤迷住了，以致他放的老黄牛吃了别人种

烂柯山中白鹭舞（雷文伟 摄）

的青菜。

第四天，一个来烂柯山游玩的观光客，为这些仙鹤忘记了来时的目的、归去的路径。

仙鹤天天在那池塘边、林子上飞舞鸣叫，烂柯山脚石室村的老人家们觉得这是个吉祥的征兆，于是，召来全村人开了个会，大家决定在那池塘边造一座道观。就这样，仙集观造成了。观内塑有对弈二仙和王质、王贵兄弟俩的像。

到了北宋中期，仙集观已成了浙西地区的著名道观。

据传，宋宁宗赵扩曾于庆元间赐烂柯山御笔书画扇一把，这把书画扇就藏于仙集观中。

（搜集整理者：汪芦川）

荆溪村的来历

烂柯山峡谷中有一条小溪，叫"荆溪"，山下有一个村庄叫"荆溪村"。为什么叫荆溪村呢？我给大家讲一个古老而美丽的传说。

相传很久以前，烂柯山东段的南坡上有一片茶树林，茶叶味苦难咽，只有一棵茶树的叶子泡之味道香醇，老人喝了能返老还童，孩子喝了聪明过人，灌到死人口里，有起死回生的功效。然而，谁也找不着这棵茶树，因而也就无人能够领略它的神力。

不知过了多少年月，一天，突然来了一个英俊的少年，自称是王家子孙，要把祖坟迁到大洲乌巨山去，以便瞎子老娘上坟。他家祖坟就在这块茶地上，周围的乡亲听说后都赶来看热闹。

少年环顾人群，突然走至一位鹤发童颜的老者面前叩头道："尊敬的前辈，您是这里的老寿星。王家祖坟葬在哪里？请您告诉我。"老人只是笑而不答。

等到夕阳西下，围观的人群散去，老人才神秘地问少年道："你可是王晖的第六代子孙王质？"

"正是。"少年甚感惊奇。

老人呵呵一笑："前天夜里，我做了一个梦，梦见有一个叫王质的人来到茶地找我迁坟。这两天我一直在寻思这梦，刚好你就来了。今天晚上午夜南天门开时，我们才能正式揭墓。"

少年惊喜地抱拳长揖，急切地请老人告知哪棵是神茶。老人说："到时候自然明白。"

午夜时分，东南方一声霹雳，一道金光闪过，只见茶丛中的一棵茶树放射出宝石般的光环，耀人眼目。

"神茶！"王质急不可待地奔过去，几锄头就挖起那棵发光的茶树，接着又拼命地往下挖，不久，一块晶莹的石板出现了。

"不能搬！让石板自己开开，里面有……"老人的话没有说完，王质已经把石板掀起，一对美丽可爱的小金鸡"嗖"的一声飞跑了。

王质不顾一切地追上去。可怜小金鸡没飞多远，扑棱两下，一前一后落在小溪里不见了。

从此，这条小溪就叫"金鸡溪"、"金溪"，这就是"荆溪村"的来历，现在只是将金子的"金"写成紫荆花的"荆"了。

据说，从那以后，这片天然茶园所产的茶再也不苦了，并且取了个非常有趣的名字叫"柯山点"。"柯山点"茶叶呈金黄色，泡出的茶水呈嫩黄色，并且香味奇特，饮之令人无限愉悦。

据《衢县志》记载，宋崇宁元年（1102年）衢州府设茶务，对茶叶实行专卖。西安县（今柯城区、衢江区）茶区有南山、北山之分，南山茶以"柯山点"为最佳，明嘉靖年间，每年都要向礼部进贡芽茶四斤。

（搜集整理者：徐为全）

烂柯山下荆溪村花海（陈笑贞 摄）

王贵堆乌巨山

我们讲了荆溪村的来历，讲到王质到茶地迁祖坟的故事，那王质要把祖坟迁到哪里去呢?

王质的家在荆溪东南面的大洲乌巨山，他家里还有一个瞎子老母亲和十岁的弟弟王贵。他要把祖坟迁到他家附近，与他爷爷、爸爸的坟墓葬在一起，方便瞎子母亲上坟祭祖。

话说王质的弟弟王贵见哥哥一去不回，就担当起了赡养母亲的重任。为母亲送终以后，他也去了蓬莱仙岛拜仙学艺。学成之后，观世音菩萨委托他办一件事，如此这般地面授机宜。

原来，很早很早以前，天要崩塌下来，普陀山的一只老神龟为了救衢州的百姓，不顾自身安危，从普陀山爬到衢州，昂首顶住天边，使天塌不下来，保全了这座山，人们就把这座山叫"乌龟山"，其主峰叫"龟峰"。我们如果到大洲去，从大洲方向往南远眺，整座山活像一只巨龟，头朝东，向着普陀。

后来衢州府太守把城里的府山命名为"龟峰"，又把大洲的乌龟山改名为"乌巨山"，龟峰改名"巨峰"。虽然衢州方言将乌龟念作"乌巨"，但老神龟心里实在想不通。等到天牢固了，它回普陀向观世音菩萨诉说委屈。观世音菩萨听了，也觉得易名者过河拆桥，于是就派王质的弟弟王贵回衢州补救。

王贵回到家乡，在乌巨山西山寺门前召集诸路山神土地，施法取泥堆一座和巨峰尖一样高的乌龟山。因山神、土地老佛动手慢了一点，堆了几畚箕泥土天就快亮了，当地的放牛后生发现空中下泥石，惊叫了一声天机泄露，堆山停止，只堆成一座小小的乌龟山。这座小乌龟山虽然只有一百三十三丈高，却还了老神龟的愿，恢复了乌龟山的本名。

（讲述者：徐为全　记录整理者：毛芦芦）

伤妈坪的来历

王贵山西南边有一盆地，大约有几十亩地的面积。盆地中间有两块石，形如龙的角，底下粗大，顶上开叉，一只角高，一只角低，人称"龙角峰"。相传老早以前，这里是沼泽地，地中间有一深潭，潭中有龙宫，碧水经常起水泡，水中有响动。有一条违反天规的母龙，躲在潭中避难。一天，天昏地暗，雷母闪电，雷公轰隆，劈去了一只龙角尖。母龙大伤元气，产下小龙后死于潭中，一双龙角变成了两座石峰，沼泽地变成了旱地。小龙则变成一条泥鳅，从小坑里游到村口石岩塘中。这个石岩塘是九条山脊（九龙）汇合而成的九折谷、七级龙宫、三个龙井中的一个。小龙在这里很安全，两边是悬崖峭壁，底下是涧潭，顶上是二十几丈高的飞瀑，人兽进不去，飞禽难冲入。

小龙经过数百年的修炼，已长成巨龙，这处龙井容不下它的身子了，它又变成一条泥鳅，游到溪彩殿底的溪潭中。溪彩殿中的诸神见潭中出现一条龙，就托梦给五石埂、石室街等烂柯山一带的头首。众神说："殿下溪潭中有龙要出海，我们都有被淹没的危险。要免受灾难，就得求龙爷变小身子，不要摇动龙尾。"多位头首同一夜中做了同一个梦，醒来都感到很奇怪，于是就发动了数百人来到潭岸下求龙免灾。龙就变小了身子，一跃而到上旺西山一个叫"牛塘"的塘中，变成一头牛，口中含着一束青草，"哞哞"叫着。晚上，它托梦给头首，要头首转告沿溪两边的众人，三天内口中含一根青草，"哞哞"地叫着，照此做，一点灾难都没有。第三天晚上，从五石埂到石室街的乌溪旁，到处都是牛叫声，麻痹了烂柯山的王子，龙就游入乌溪江去了，游到上

乌溪江晨景（陈笑贞 摄）

三溪，龙尾一荡，方圆几里被荡成溪河，沿钱塘江入东海去了。

这条龙很孝顺，每年清明节前后十天，都顺着刮风下雨天到龙母去世的地方——王贵山西南边去祭祀，几里路外的人们都能听到龙伤心的哭声，所以人们就把这个龙哭妈的地方称为"伤妈坪"。年深月久，现在那里被叫成了"山马坪"或"山麻坪"。

（讲述者：黄根发　记录整理者：毛芦芦）

担头潭的传说

担头潭在烂柯山的南门口。传说晋朝的王质在成仙之前，有一天进山砍柴，路过潭边，口渴了，就把肩上的担头绳索往石条边一掼，伏下身去，"咕噜，咕噜"喝了一肚子清水。可他回头一看，却吓了一跳，原来，放在潭边石条上的担头绳索不见了。王质找来找去，才发现它们已经落进潭底。潭很深，王质没办法，心想还是先去山上砍柴，等柴砍好了，再看看它们会不会浮上来。结果，等王质用藤条捆着柴火，把柴火拖到潭边，探头往潭里一看，却看见担头变成了一条大乌鲤，绳索变成了泥鳅与黄鳝。

从此，烂柯山一带的人砍柴都用藤条竹篾捆扎柴担，并且把王质喝水的那个潭叫作"担头潭"。

（讲述者：徐臣榜　记录整理者：毛芦芦）

乌龙坑的传说

在烂柯山以东五华里的地方，有个小村庄叫"乌龙坑"。乌龙坑本来不叫"乌龙坑"，传说那里住着一对相依为命的母子，儿子对娘很孝顺，常年上烂柯山砍柴卖侍养母亲。这天，儿子在烂柯山上看见一个大鸟蛋，他恰好肚皮饿了，就把鸟蛋吃了。没想到，鸟蛋一下肚，他就口渴得不得了。他连忙挑着柴担跑回家说："娘，我口燥极了！"娘说："那我泡茶给你喝！""一碗茶哪里够我喝！"儿子说着，一头扎进水缸，把一缸水全喝了，可嘴巴还是渴。他又一头扎进门前的小溪，把小溪都喝干了。这时，他的头上长出了龙角。原来，他刚才吃的大鸟蛋是龙生的蛋。

儿子变成了一条乌龙，乌龙要从门前的小溪游走了。娘舍不得儿子，看乌龙一点点游远，就一声声地叫："儿呀，儿！"乌龙也舍不得亲娘，娘叫一声，他回头看一眼娘。娘一共叫了十八声，乌龙一共回了十八次头，让小溪一共拐了十八个弯。最后，乌龙从沙埠游到乌溪江，又从乌溪江游到了东海。

（讲述者：黄根发　记录整理者：毛芦芦）

徐襄龙潭得宝

相传宋朝淳祐年间，南州石室始祖——监察御史徐襄晚年告老还乡，在石室衣锦坊定居。他有个习惯，每日傍晚都要去烂柯山脚的龙潭边散散步。

　　这天，正当他在龙潭边欣赏黄昏美景的时候，耳边恍惚传来一阵歌声，又忽然看见龙潭水面上浮出几个漂亮姑娘，姑娘们一边唱歌一边跳舞，把徐襄公惊得目瞪口呆。他靠近两步，想瞧个明白。可一眨眼，姑娘们又消失不见了。但潭边水浅处，有一七彩光环在闪个不停。徐襄公走过去一看，发现那发光的东西原来是一块鸡蛋般大的白石。徐襄公伸手去捞，奇怪的是，还没碰到那白石，石头却自己跳起来落进了他的手心。徐襄公把那白石带回家放进书房，这时天已黑了，可那块白石却把书房照得亮如白昼。徐襄公的家人感到很惊奇，把那

龙潭美景（雷文伟 摄）

石头放入水缸，结果一缸水被映得通红。

大家都说徐襄公在龙潭中得到宝贝了。更稀奇的是，徐襄公死后，那石头竟然不翼而飞，石头的下落也成了千古之谜。

（讲述者：徐臣榜　记录整理者：毛芦芦）

衢州魁星阁的来历

衢州古城有六座城门，其中小南门与烂柯山直线距离最近，故名"通仙门"。通仙门的城门上建有谯楼，内设钟鼓，是战时的指挥所；城楼上还有金碧辉煌的魁星阁，为"衢州八阁"之一；城门外有通仙桥（即魁星坪），旧时有"何处望神州，满眼风光魁星楼"的诗句。

那么，衢州通仙门上的魁星阁是怎么来的呢？

传说，魁星是烂柯山上集仙观中道长的私生子，名叫詹奇龙。詹奇龙有四个哥哥，他是家中的老五。刚出生时，他头颅尖尖，满脸疙瘩，嘴巴宽扁，肚脐眼凸出，更加难看的是，他有个特别大的鼻子。俗话说"面上一枝花，全靠鼻当家"，因为他的大鼻子，大家更加觉得他奇丑无比了。当时他那名义上的父亲想把他扔了，可母亲不肯，费尽千辛万苦才将他抚养成人。因为自感丑陋无比，生存艰难，才促使詹奇龙读书异常努力，再加上他天赋极高，竟成了衢州府有名的读书奇才，他所有课文都能倒背如流，连教书先生都啧啧称奇。有一次去考进士，主考官看了他的答卷，连连感叹："可惜，太可惜了！"詹奇龙听了此话，就"弄堂里赶猪，直来直去"地问他可惜什么。"你文才那么好，可惜长得太丑啊！"主考官也对他实话实说。詹奇龙听了，恼怒地回应道："你倒是考我相貌还是考我文章啊？"主考官两手一摊说："我还真回答不了，就看皇上怎么决定吧！"

皇帝听说有一名考生聪明无比，却断不可取，心中纳闷，就想见一见。詹奇龙听说皇帝召见，满怀希望地去了金銮殿。皇上见了詹奇龙，大惊失色，吓得差点闭过气去。詹奇龙见状，心里一下子明白了：自己这辈子想考取功名算是无望了。于是，他一气之下，撞柱而死。

但是，詹奇龙并非省油的灯，死后还下决心不让皇帝安宁，于是每天晚上都在皇帝枕头边叫屈："皇帝，你是考我的文章还是考我的长相？你是考我的文章还是考我的长相？"皇帝被詹奇龙的灵魂叫得七荤八素，寝食难安。主考官也同情詹奇龙，就向皇上提议让他当魁星，让他的灵魂来考状元。皇上听了连连点头称是，就封詹奇龙做了魁星。而詹奇龙确有这个能力，更何况"老虎再小也是老虎，不是猫"，所以他就不再闹腾了，顾不得阴间清锅冷灶的，答应去阴间做了魁星。

衢州人历来崇尚读书，而詹奇龙又是个读书奇才，老百姓为了纪念詹奇龙，就在离烂柯山最近的通仙门城楼上建起魁星阁，早晚供奉香火，还为他编了一出戏，叫《魁星点状元》。逢年过节，衢州演戏，开头都要点一出《魁星点状元》，表达对这位乡亲的敬意。

也有传说烂柯山集仙观中的道长深感自己当年的罪孽，詹奇龙死后，就对詹奇龙的灵魂说："你跳到我手上来复生吧！"詹奇龙随即跳到道长的手中，道长手掌一合，詹奇龙马上就与道长合而为一，随道长飘然而去，浪迹天涯。

（讲述者：陈锡祥　记录整理者：汪芦川）

[陆]烂柯山一带的名人故事

烂柯门下无虚士

宋绍圣初年，衢州围棋高手祝不疑在京都（今河南开封）与当朝棋圣刘仲甫进行了一场比赛。祝不疑比刘仲甫棋高一着，但刘仲甫为了面子，中盘告退，留下了一盘没有下完的棋。

刘仲甫是宋朝围棋界最有声望的棋手，不仅棋艺精湛，而且著作甚丰，著有《忘忧集》、《棋势》、《棋诀》及《造微精理》诸集。他自小爱好围棋，名闻乡里。年轻时很自负，在离乡去京城翰林院考围棋待诏时，曾路过钱塘（今杭州）。他想：钱塘是个大都会，棋坛群英荟萃，何不在此先较量一番，再去京城不迟。便于旅店门口悬挂一面以棋会友的旗帜，上书"江南棋客刘仲甫奉饶天下棋先！"可以让任何棋手先下，口气还真不小！消息不胫而走，马上传遍钱塘。一些有钱的好事者凑足了几百两银子，把钱塘城的名手召集到一起，在城北紫霄宫与刘仲甫一决高低。刘仲甫均让对手先下，经过一场场激烈的比赛，对手无出其右。刘仲甫从钱塘进京，考进了翰林院，当上围棋待诏，名声就更大了，二十多年中一直没有对手。

就在此时，衢州烂柯山下出了个围棋新手祝不疑，这年也到京城赶考，住在同乡会馆。老乡们都知道他是围棋高手，于是就拉他到京都高手云集的相国寺观棋。当时，围棋待诏刘仲甫正在寺中，同乡们便要祝不疑与刘仲甫对弈。祝不疑颇谦虚，说自己粗懂一点棋理，艺不精，希望国手让几子。刘仲甫说："凡到这里来下棋的都是高手，我看还是不要让了，我们平下吧。"祝不疑再三谦让，不得已，刘仲甫只

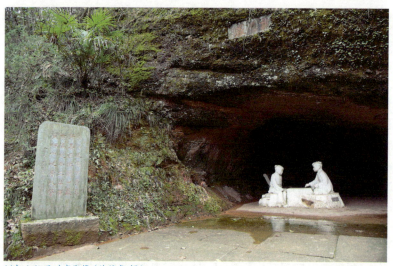

烂柯山仙子对弈塑像（陈笑贞 摄）

好让祝不疑先下。局终，祝不疑仅输三目。

在先失一局的情况下，第二局，祝不疑就请求让子。刘仲甫微微一笑，回答说："我看你的棋布局很工整，如果像一开始那么下，你甚至可以让我几子，岂止是让先呢！"祝不疑笑而不答。原来他在第一局中，为了试探对方的力量，中盘时有意让了对方几手。

第二局开始了，刚下了三十多手，刘仲甫感到不对劲，就拱手道："是否可以请教您的尊姓大名和乡里？"旁边的同乡抢着说："这位是信州（今江西上饶）人李子明。"刘仲甫知道他们在撒谎，就认真地说："我棋艺不高，勉强才成为翰林待诏。虽然不离京城，但对天下有名的棋手还是有所耳闻。近年只听说衢州有一位祝不疑，棋艺高超，还听说今秋他被州里推荐来此应考，莫非您就是祝不疑先生？"刘仲甫见对方只是微笑，并未回答。接着又说："仲甫今日正好有客人在家等待，不能下完这盘棋了，有空我一定去你的住处拜访，再向你请教棋艺。"旁人见刘仲甫已打退堂鼓，只得如实告诉他面前的对手就是祝不疑。于是，刘仲甫连声赞许说："烂柯名下无虚士也！"

后来，刘仲甫虽然多次拜访祝不疑，但始终不再提两人对弈之事，唯恐输了，有损自己国手的声誉。

（搜集整理者：汪芦川）

张县丞挥泪斩子

南宋时期，衢城南边西安县的千塘坂有一条横贯南北的石室堰，可灌溉良田二十万亩，堰水很清，可作城区居民的生活用水，而且木筏竹排、农商小船平时畅行无阻，衢城百姓都称这条堰是幸福堰。

西安县衙为保证天旱年成的农田用水，规定天旱时节石室堰不准船只、木筏通行，以免冲垮堰坝。勿料得有一些靠做木材生意发横财的"木老虎"，偏偏黑了心肝，不管县衙规定，偷偷摸摸地撑着木筏竹排，一次又一次地从堰坝冲下，冲垮了堤坝，流光了堰水，结果万亩良田屁股朝天，颗粒无收。农民们叫苦连天，西安县衙却不管账，老百姓只好联名向朝廷告状。出于百姓的强烈呼声，高宗皇帝撤换了西安县丞，钦命张应麟赴西安县补缺。

张应麟壮年进入官场，一心想做个好官。他到任没几天，便亲自到石室堰头召集南乡民众，组成水利大军，开始筑坝修堰。众人不分白天黑夜，苦战几月，筑好堰坝，二十多里长的堰身也清疏一通，乌溪江水哗哗地流向农田，流进城河。老百姓欢欢喜喜，把张应麟高高举起，抬到坝上，赞颂他是"西安百姓的好父母官"。张县丞为吸取前任教训，维护农民利益，当即发布禁令：凡封堰之后，谁敢妄自开动堰闸，冲毁堤坝，以剥皮抽筋惩处，皇亲国戚概不例外。此令得到广大民众的拥护。

转眼到了稻禾扬花、吐穗的季节，在这节骨眼上，老天爷多时不雨。农民们心如火烧，全靠堰水得救田稻。谁料几个丧尽天良的"木老虎"偏偏要出来作对。他们看到木筏竹排勿能经过堰水进入城河，驶进衢江，航运到金华、杭州去赚大钱，对西安县丞恨得入心入骨，便集结在阴暗处商议，决心要和张县丞的禁令碰一碰。

张县丞四十岁才得一子，年方十八，张夫人视作心肝宝贝，平时放松管束。"木老虎"们得知这一底细后，便在张公子身上打鬼主意。有一天，见张公子与家人出南门游玩，便主动凑上去搭讪，尽拣好听的话语恭维张公子，把这个受宠惯了的年轻人弄得不知天高地厚，不辨东南西北，慢悠悠地跟随"木老虎"们信步玩到石室堰头。此地是著名的"仙人弈棋"的烂柯山，傍山有一家仙弈楼酒店。张公子早知这座名山，心想今天有幸能到此一游，要是能进这幽雅的酒楼里把盏一醉，真是一件美事。"木老虎"们看在眼里，乐在心里，立即邀请张公子步进仙弈楼，招呼店家摆上丰盛的酒菜为张公子接风洗尘。这张公子只道西安人热情好客，便大碗的酒、大块的肉畅怀放心地吃起来，不一会儿便酒意醺醺，满嘴胡话。"木老虎"们见时机已到，便试探他道："张公子，听说你最怕你老子是吗？"

"瞎说！我老子怕我老娘，我老娘怕我，你们说到底谁怕谁呢？"

"木老虎"们心里暗喜，接上去说："你老子怕老娘，老娘怕你，那老子当然也怕你啰——你是你老子的独根苗苗嘛。一切事情自然让你三分,是吗?"

"何止三分,起码让七分呢。不然,我老娘也勿会依的。"

"那么你敢把石室堰闸门打开,让我们看看你的胆子吗?"

"这有什么?只要你们答应在城里最大的酒店天香阁请客,我马上就干。"

"答应,答应!不要说在天香阁请客,就是再叫几个茭白船上的俏娘来陪你,我们也干。"

"好!一言为定。"

大家立即跨出酒店奔向石室堰头。只见那张公子卷起裤管衣袖就要动手开动闸门,把个陪同在侧的老家人吓得额头冒汗,全身发抖,急忙上前按下张公子的手说:"公子动不得!公子动不得!老爷执法森严,要抽筋剥皮的呢!"

"老不死,去你的!大爷我一人做事一人当……"

说罢,张公子一咬牙关,双手猛一用劲,就把堰闸打开,一甩手把闸门掼在旁边的石塔上,木头的闸门被掼成几段。吓得老家人面如土色,颤抖着声音说:"公子,你闯下大祸了!"猛地拉着张公子骑上马,急忙忙朝县城方向奔去。只听得背后气疯了的百姓骂道:"打死这马头猪(短命鬼,小坏蛋)!打死这马头猪!"

百姓哭了,"木老虎"们却一阵狂喜。他们立刻撑动几十、几百前后相连着的木筏竹排,顺着奔腾的水流越过堰坝,冲向下游;不到一刻工夫，百姓们用汗水筑成的堰坝就被冲垮了！两岸的群众看着一望无边的受旱稻田，绝望地捶胸顿足，哭天号地……

消息很快传到了县衙门。县丞张应麟急忙策马赶到堰头现场，只见堤坝已荡然无存，上游江水滚滚而下。他心如刀割，万万没有想到带头违犯禁令、损害民众利益的竟是自己的儿子！

"大老爷！你要为我们做主啊！"在返回县城的路上，民众的呼声一直盘旋在张应麟的脑海里。"杀，还是不杀？"这念头在他脑海里剧烈搏斗着：杀，自己不惑之年才得一子，岂非断绝香火？不杀，自己曾在百姓面前立过皇亲国戚犯法与民同罪的誓言，如果对自己儿子放纵庇护，今后又怎能令禁四方，法诉于刑呢？深思再三，他下定决心执法无私，定杀不饶。

经县衙审判，呈报刑部批文下达，张县丞立即贴出斩子的告示，一时震动了衢州四乡八方。张夫人哭得死去活来，张应鳞也木木地陪着流泪，只劝慰妻子说："夫人！并非我狠心啊！禁规法令是我亲自制定，并向民众宣布的。我若知法犯法，庇护孽子，我这个西安的父母官，日后还能令行禁止，治理百姓吗？"

张县丞忍住万千悲痛，亲自将儿子绑赴石室堰头交刽子手剥皮。同时，严惩了唆使张公子作恶的"木老虎"。接下来，又发动和组织民众修好了堰坝。此后，当地百姓便把烂柯山下的石室堰改叫为"剥皮堰"。

后来，张应麟在一次洪汛期间，冒雨巡视剥皮堰，不幸失足落水，以身殉职。西安人民为失去这样的好县丞而悲痛万分，在堰头造了一座张公祠，世代香火不绝，以慰这位父母官的英灵。

（讲述者：赖金珠　记录整理者：杨典喜、张水绿）

欧阳煊判忤逆案

清光绪年间，西安县（古衢州）来了一个县令，名叫欧阳煊。欧阳县令清正廉洁，断案很有一套。

有一天，一对来自烂柯山脚八卦村——荆溪村的父子来到县堂。做

古石室堰遗址（黎旭东 摄）

父亲的告儿子忤逆不孝，不好好奉养他。欧阳煊见那做儿子的穿得很破旧，一副老实相，不相信他是那种不孝顺父母的人。不过，他也不好凭感觉断案啊，所以他捋着胡子想出一个计策。只见他一挥手，命手下人拿来四百文钱，对那对父子说："眼看着午饭时间马上就要到了，我中午要出去赴宴，给你们每人两百文钱吃饭用，请你们下午再来听我的判决，行吗？"

"行行行，谢谢青天大老爷！"那做父亲的，见了钱，眼睛立刻变亮了，喜滋滋地对着欧阳煊直叩头。做儿子的接钱时却羞红了脸说："不好意思，我们来麻烦您断案，您还请我们吃饭，太感谢您了！"

烂柯山脚的八卦村——荆溪村（黎旭东 摄）

下午，父子俩又来到县衙。欧阳煊见了他们，并不急着断案，而是和颜悦色地与他们拉家常，问他们："早上给你们的钱，用去多少啊？"

那做父亲的说道："两百文钱，我去酒馆买肉、打酒，又去茶馆喝茶、吃点心，已经用光了。感谢青天大老爷请我吃了一顿好饭啊！"

欧阳煊听了，不置可否地一笑，转头问那做儿子的："你呢，是不是把两百文钱全花光啦？"

"老爷，我没有花光，除了吃饭花去五十几文，我还剩一百四十多文。"

欧阳煊听了那儿子的回答，赞许地点点头。然后一脸严肃地对那做父亲的说道："像你这样乱花钱，就是我做了你的儿子也是孝不起来的。"那做父亲的听了，臊得满脸通红。

后来，欧阳煊又派手下人去荆溪村庄察访，发现那个父亲果然是个不务正业、好吃懒做、贪得无厌的人。欧阳煊便责令他早日改过，说只有他帮着儿子勤俭持家，才能重温父子之情。

一时间，欧阳煊智判忤逆案的事，在烂柯山一带传为美谈。

（搜集整理者：汪芦川）

抗金名将徐徽言的传说

传说宋朝时衢南的官堂（今官塘）村，某天徐家将军府里敲锣打鼓，张灯结彩，喜气洋洋，祝贺徐量徐老将军之子过满月。但是奇怪的是这个小孩从出生到满月一直哭闹，徐老将军夫妇俩无计可施，愁眉不展。

这时仙人洞的得道仙人在天上云游，看到凡间徐家如此热闹，掐指一算，乃天上的文曲星宿下凡，因埋怨玉帝派他投胎武官家而哭闹不止。于是，得道仙人变成乞丐来到徐府门前，口中大声念道："文曲下凡成武将，文武双全第一人。徐门本是书香第，如此哭闹为哪般？"说来也怪，这话被那哭闹的小孩听到以后竟转哭为笑。徐老将军忙派家丁打听门外何人，并出门亲自迎接。得道仙人来到徐府大厅之中对徐老将军说："我乃区区一乞丐，将军为何如此礼遇？"徐老将军说道："您乃我儿师尊，在下理当出门相迎，愿我儿能得仙人指点。"原来当老将军听到仙人在门口的话，便知老乞丐是仙人下凡。得道仙人听后哈哈大笑，变回原形，问老将军小孩姓名。老将军说："名叫徽言。"

得道仙人道："待徽言考取进士以后便来衢北仙人洞找我。"说后化作一阵青烟消失在徐府大厅。

徐徽言乃文曲星下凡，考取文进士自然不在话下，他在八岁那年就考取了文进士。

徐徽言考取进士之后来到仙人洞，跟得道仙人学法。当学到第三年的时候，家中传来徐老将军为国战死的消息。徐徽言心中悲痛不已，发誓要杀敌报国，为父报仇，于是去向仙人辞别。得道仙人说："你刚学会了飞升之术，现在下山会有杀身之祸的。"但徐徽言一心想着报国和为父报仇，坚决辞别了仙人。

徐徽言下山以后刻苦练功，十五岁的时候考取了武状元从军报国。

徐徽言参军以后战功显赫，不久就做了大将军。在一次大仗中，全军覆没，只剩他单枪匹马。就在被金兵团团围住的生死关头，他心生一计：趁夜色朦胧，退到土丘石亭中，一手攀梁，两腿一夹，连续三次将座下战马夹起，离地三尺。金营中早就有人传说徐徽言在仙人那里学会了穿天遁地之术，现在见到徐徽言有如此神力，金兵们顿时

抗金名将徐徽言塑像（陈笑贞 摄）

吓得瞠目结舌，纷纷倒退。徐徽言趁势冲杀，突围而出。

后来，他死守孤城晋宁，敌军四面包围，城中得不到外面的援助，连水源也被切断了。徐徽言的道法只能穿天不会遁地，最终被俘，不屈而死。后人在烂柯山中为徐徽言建造了忠壮公祠，他因此也成了烂柯山中的一位神仙。

（搜集整理者：毛光武）

徐徽言"擎梁三跨马"

徐徽言，抗羌名将徐量之子，出生在全旺镇官堂（今官塘）村，少年时代刻苦学文练武，对马情有独钟，能辨识良马、劣马。为了练习马上功夫，他造起马栏，养了十多匹骏马，夜晚放牧，亲自照料，常言道"人无横财不富，马无夜草不肥"，他的马每一匹都养得膘肥体壮。

他家的马栏紧邻大坑源溪。上、下官堂无桥相连，徐徽言平常都跃马过溪，可体力较弱的小马常跌入溪中，因而他特意建起了一座中间起桥墩的石板桥（六根石柱三根平行），故称"马栏桥"。徐徽言善骑射，他在桥上骑马可以把飞雁射落下来。桥的建成，使上、下官堂与马栏三点成一直线，让徐府上下和附近老百姓出行方便多了。这一段路为上京之路，故称"京路"，路边原有殿宇，称"京路殿"，今存遗址，有"京路殿沿"的小地名。

徐徽言常跃马入官堂凉亭，在亭中练成手脚并用的马上功夫。他在马背上探直身子，一手紧握鞍绳，一手攀住抬梁，两腿夹紧马腹，将马提起又放下，马蹄离开地面三尺多，三提三放，旁观者莫不啧啧称奇："真好神力！"

宋大观三年（1108年），徽宗下诏"求材武士"。十五岁的徐徽言一举夺得武举绝伦及第（武状元），从此走上讨伐西夏，抗击辽、金的戎马生涯。有一次，他在与金人的战斗中，单骑被追甚急，见前面有一亭子，他马上跃马入亭，重操少年时的绝活——在马背上直起身子，一手紧握鞍绳，一手攀住抬梁，两腿夹紧马腹，将马提起又放下，马蹄离开地面三尺多，三提三放。金兵看见，吓得目瞪口呆，纷纷惊退而去。这就是传说中的徐徽言"攀梁三跨马"。

（搜集整理者：孙水标）

烂柯山徐徽言纪念堂外景（陈笑贞 摄）

"九仙"王仁裕

九仙，姓王名仁裕，字德辇，祖籍甘肃天水，因当官来到大名莘地（今河北大名县），唐五代后晋之翰林学士，后汉间为尚书知贡举人，后周世宗柴荣朝中为左仆射加太子太保，因"陈桥兵变"而弃官，以"卒"的身份做掩护，举家扶柩远遁，从大名莘而江左，旋进入吴越国（今浙江），来到衢之西安东乡穆临（今全旺）隐居，号称穆临居士（后人亦称"穆临大王"）。"穆"者，深远之义，"临"是莅临之义，说的是王仁裕"忠臣不事二主"，弃高官厚禄，遗万物独立，以效汉朝张良托赤松子之游。他平生著作颇丰，主要有《紫泥集》、《西江集》、《入洛集》、《开元天宝遗事》等。

王仁裕性爱修竹茂林，古柏苍松，他溯源而上营建别墅，朝来漫步林间丘壑吟诗作词，暮至寺庙拜佛诵经，与僧道做伴，和平民为友，慷慨捐田一顷于八仙寺（该寺建于后周广顺元年），为八仙寺第一大施主。王仁裕又为自己百年后计，命人于山之阳卜吉地造生墓。

某日，王仁裕神思恍惚，伏几而卧，突然看见寺旁溪畔桥头有八位神仙在对弈，他就凑上去观棋。直到一局终了，众仙临走时，他还是肃立着没有发出声音。有一位拐腿神仙就对他说："俺等乃是四海云游之八仙，正从烂柯山学棋归来，在这里练练手，你正好陪了我们一程。看来，如今我们八仙已多出一仙，成九仙了，哈哈哈！"说罢，铁拐李和其他几位神仙各显神通，腾云驾雾而去。王仁裕听了铁拐

李的话，正喜不自禁，这时拔腿追去，一跤跌下，醒了，这才发现是南柯一梦。

不出数日，王仁裕猝然仙逝，八仙寺僧感念他的恩德，尊其遗愿，塑其像供于寺。从此，王仁裕被人们尊为"九仙"，八仙禅寺也就改名为"九仙禅寺"了。

（搜集整理者：孙水标）

胡宗宪烂柯山上唱《凯歌》

明嘉靖四十一年（1562年）十月，戚继光率领戚家军在福建宁德城外海中捣毁倭寇的老巢横屿，一举歼敌两千六百多人，取得东南沿海剿倭战斗的决定性胜利。捷报传到衢州府抗倭指挥总部后，兵部左侍郎、都察院左佥都御史兼直浙总督胡宗宪好不开心，立刻传令在烂柯山大摆筵席，犒劳全军将士。

当天，风和日丽，丹桂飘香，烂柯山上一片欢声笑语。众抗倭将士酒过三巡之后，纷纷开始奏军乐、行酒令，气氛异常热烈。这时，只见胡宗宪举起酒碗，作《宴烂柯山》，诗曰："十里云山一径通，天门高敞五云中。披云把酒兴不尽，直上峰头踏玉虹。"

著名书画家徐渭和著名诗人沈明臣当时是胡宗宪的幕僚，马上也站起来吟诗作赋。徐渭作《凯歌》诗四首。沈明臣也作一首《凯歌》曰："衔枚夜度五千兵，密领军符号令明。狭巷短兵相接处，杀人如草不闻声。"

听了沈明臣的《凯歌》，胡宗宪马上把酒将它吟唱了一遍，并且手捋长须夸赞道："何物沈生，雄快乃尔！"

胡宗宪为了抗倭，曾委曲求全，竭力讨好大奸臣严嵩的义子赵文华，今天闻此大捷，总算扬眉吐气了，所以他感觉沈明臣的这首《凯歌》特别符合他的心境。

可惜，在烂柯山的这次庆功宴后不久，身先士卒、历经百战、为平定倭患做出过巨大贡献的胡宗宪就因遭奸人谗害，被革职罢官，四年后含冤入狱。他在写下"宝剑埋冤狱，忠魂绕白云"的诗句后，在狱中服毒自杀。他的幕僚徐渭自杀不成，在潦倒悲愤中度过了晚年。沈明臣在其他幕客一哄而散的情况下，哭着去胡宗宪墓前祭拜。

（讲述者：鄢卫建

记录整理者：毛芦芦）

徐渭《凯歌》诗碑（陈笑贞 摄）

毛公神仙骨，误落世网中

毛开(1104—1190)，字平仲，烂柯山人，南宋前期著名词人。他是礼部尚书毛友的儿子，可以自由进出皇宫，但他酷爱山水，不恋仕宦，傲世自尊，潇洒超逸。他曾任宣州、婺州等地通判，与南宋中兴时期的四大诗人陆游、范成大、杨万里、尤袤友善，结为知交。著有《樵隐集》十五卷，其中《樵隐词》一卷被收入"四库全书"。

宋隆兴二年(1164年)，毛开六十一岁，在宣州(安徽宛陵)任通判，当时四十岁的陆游在润州(镇江)任通判。知府方务德向来很器重毛开和陆游。一天，方务德邀请毛开、陆游和张孝祥游览镇江多景楼。这四人刚刚登上多景楼，正在议论时政，对宋室苟且偷安，不收复失地，向金人妥协投降等做法表示强烈不满时，从淮河前线又传来了金兵来犯的消息，说宋将魏胜战败身亡，淮安已经失陷。四人大吃一惊。面对楼外浩荡的长江和广袤的大地，想到北方大好河山正遭受金兵铁蹄的无情践踏，陆游立刻凭栏吟起了《水调歌头》："江左占形胜，最数古徐州。连山如画，佳处缥缈著危楼。鼓角临风悲壮，烽火连空明来，往事忆孙刘。千里曜戈甲，万灶宿貔貅。露沾草，风落木，岁方秋。使君宏放，谈笑洗尽古今愁。不见襄阳登览，磨灭游人无数，遗恨黯难收。叔子独千载，名与汉江流。"

陆游吟罢，沉闷地喝起茶来。宾主相视而坐，默默无语。为了改变这种沉闷的气氛，毛开默默思忖片刻，作《水调歌头·次韵陆务观陪太守方务德登多景楼》:"襟带大江左,平望见三州。凿空遗迹,千古奇胜米公楼。太守中朝耆旧,别乘当今豪逸,人物眇应刘。此地一尊酒,歌吹拥貔貅。楚山晓,淮月夜,海门秋。登临无尽,须信诗眼不供愁。恨我相望千里,空想一时高唱,零落几人收。妙赏频回首,谁复继风流?"该词描写了登楼所看到的山河胜景。词中"太守中朝耆旧,别乘当今豪逸,人物眇应刘",既赞颂了方务德的德高望重,又把陆游比作三国的应场、刘桢,是当今的豪逸人物。"登临无尽,须信诗眼不供愁"则反映了毛开傲世自尊、潇洒超逸的个性,恰到好处,给沉闷的场面注入了盎然生气。

不久,毛开告老还乡,回到烂柯山,隐居在其父创建的梅岩精舍中著书立说。淳熙五年(1178年),毛开生病,陆游前来探访,留下了著名诗作《访毛平仲问疾与其子适同游柯山观王质烂柯遗迹》:"篮舆访客过仙村,千载空余一局存。拽杖不妨呼小友,还家便恐见来孙。林峦巉起秋容瘦,楼堞参差暮色昏。酒美鱼肥吾事毕,一庵哪得住云根?"

诗中的"拽杖不妨呼小友"句,反映了陆游与毛开一家的深情厚谊。绍熙元年(1190年)五月初六,毛开谢世,享年八十六岁。理学大师朱熹有《题毛平仲墓志铭后》诗,其中曰:"毛公神仙骨,误落世网中。髫龀出奇语,春然惊乃翁。弱龄翰墨场,不言已收动。亭亭绝世姿,皎皎冰雪容。顾步一长啸,笙鹤翔秋空。调高听者稀,老去竟不逢。"

（讲述者：鄢卫建　记录整理者：毛芦芦）

柯山书院与名人的故事

1. 毛开筑室"梅岩"

在衢州古代教育史上，宋代时书院林立，科名鼎盛，曾先后出现了梅岩精舍（柯山书院）、清献书院、明正书院，江山嵩山书院、逸平书院、江郎书院、集义书院、克斋书院，开化包山书院以及常山石门书院等。

位于烂柯山之南的柯山书院，是宋代早期衢州的著名书院之一。发展到南宋时，已经成为全国二十二座著名书院之一。北宋宣和年

烂柯山下毛氏族人聚集的村庄——东村，就在古梅岩精舍所在的讲书堂背村对面（黎旭东 摄）

间，毛开、郑待问隐居不仕，在烂柯山梅花坞（今石室乡东村讲书堂背）筑室"梅岩"，研读经籍并讲学，称"梅岩精舍"。南宋儒学大师朱熹曾来此讲学，有《怀古》诗咏梅岩精舍。淳祐四年（1244年），时任衢州郡守的杨彦瞻奏请朝廷，改梅岩精舍为柯山书院。书院因在石桥山（即烂柯山）之南，故又有"桥南书院"之称。

毛开为人傲世自尊，与时事多有抵触。曾经做过宣州宛陵、婺州东阳二州倅，都是一些副职的官位。毛开与郡人卢襄、冯熙载、赵令衿等名宦过从甚密，与南宋著名诗人尤袤、陆游、杨万里等皆有交谊。

毛开曾为尤袤所著的《遂初堂书目》作序。乾道四年（1168年），他将访得的三国时书法家皇象所书《章草急就章》书帖赠送给尤袤，并在临终时以书信别之，嘱咐尤袤为其撰写墓志铭。尤袤既为其撰写

古梅岩精舍（柯山书院）所在地——讲书堂背村（陈笑贞 摄）

了墓志铭，又为其文集作了序。

淳熙六年（1179年），陆游奉召待命于衢州皇华馆，曾专程拜访毛开。在毛开的儿子毛适的陪同下，探访了"王质遇仙"的烂柯山，陆游有《访毛平仲问疾与其子适同游柯山观王质烂柯遗迹》等诗篇传世。

当时的毛开，以文词著称于世，工于小词，诗文清快，有《樵隐词》一卷传世。毛开去世后，南宋词人韩元吉评价其"奥学穷千古，奇文擅两都。功名一杯酒，身世五车书"。朱熹诗《题毛平仲墓志铭后》高度评价之："毛公神仙骨，误落世网中"，"斯人不可见，斯文鬼人通"。

2.徐赓与桥南书院

郡人徐赓，字载叔，秀才出身，早年从学于朱熹，出游三十年，喜与诸公论议，辨质文章，故以学识卓然而闻于世。朱熹有《答徐载叔书》，论及爱国诗人陆游诗作，颇为推崇。

宋淳熙十六年（1189年），徐赓寓居烂柯山，筑藏书楼于东庄（今石室乡东村）。他在杭州请好友陆游为东庄题诗，陆游遂作《寄题徐秀才载叔东庄》。

庆元六年（1200年），徐赓老母留氏仙逝。陆游闻讣后，撰写了《题留夫人墓志铭》。

嘉定元年（1208年），徐赓修建桥南书院，并将《桥南书堂图》

寄给陆游。此时，已经八十多岁高龄的陆游欣然写下了《桥南书院记》："吾友西安徐载叔，豪隽人也，博学善属文，所从皆知名士。"赞美书院"地僻而境胜，屋庳而人杰。清流美竹，秀木芳草……客之来者日众，行者交踪，乘者结辙，呵殿笼访陌者，虽公侯达官之门，不能过也"。

徐赓的另一位好友——诗人韩淲也曾作诗《题桥南书院图卷》，赞赏桥南书院。

3.硕儒徐霖与孔元龙

宋淳祐九年（1249年），时任衢州郡守的游钧，是位非常重视文教的官员。他的祖父游仲鸿，淳熙二年（1175年）进士，官利州路提点刑狱。而他的父亲游似则是声名显赫的当朝宰相。游钧在衢州太守任上，将其家传的晁公武《郡斋读书志》二十卷摹本在衢州郡斋

烂柯山上的梅岩景区 （陈笑贞 摄）

付梓。这是我国首部附有"提要"的私家藏书目录，对后世目录学的研究影响深远。游钧还买田筑舍，扩建柯山书院，并邀请硕儒徐霖来柯山书院讲学。

徐霖（1214—1261），字景说，现柯城区华墅径畈村人。少时即有志于圣贤之道，研精六经。其深沉寡默，天资英杰，雄拔而有远志。文章、诗歌皆源于六经，而由韩愈、杜甫，雄伟高耸，澄深简丽。宋淳祐四年（1244年），试礼部第一（即会元）。仕于朝，官校书郎。因道不合，归隐著书立说，人称"径畈先生"。著有《太极图说》、《葵园集》、《春山文集》等。后任江西抚州、福建汀州知州，卒于任，衢州市博物馆至今仍珍藏着《徐霖墓志》碑刻。

徐霖在柯山书院讲学时，"精研六经之奥，探赜先儒心传之要"，所著《太极图说》影响很大，四方学子云集，鼎盛时曾有"远近学子奔来求教者多达三千"的辉煌。他的好友赵汝腾，官至礼部尚书兼给事中，拜翰林学士，曾称徐霖堪与范仲淹、程颐、张载相比，甚至把徐霖与孔子相提并论，说"瞻彼径畈，今之泗水"。徐霖门下弟子甚众，与文天祥齐名的爱国主义诗人谢枋得（字叠山）就是其中杰出的一位。徐霖曾评价自己这位弟子："惊鹤摩霄，不可笼系。"

南宋景定元年（1260年），郡人徐叔昭率众士重振柯山书院于梅岩。

徐叔昭是抗金名将徐徽言的曾孙，名囊，字光君，号光素翁，出生于宋淳熙六年（1179年）。据《徐氏宗谱》记载，庆元五年（1199年），官塘（今衢江区全旺镇官塘村）老屋失火，徐叔昭家族徙居靖安乡十一都石室街衣锦里（今柯城区石室乡），为石室始祖。淳祐元年（1241年），徐叔昭授绍州教官，改书库国子博士、秘书正字、监察御史。后辞禄奉亲归里，景定四年（1263年）卒。

徐霖之后继者有孔元龙，为孔氏南宗第五十世孙。早年曾从著名理学家真德秀游学，任过江西余干主簿，以宣教郎致仕，后闭户著书立说。景定壬戌（1262年），应衢州郡守谢奕中的邀请，出任柯山精舍山长，年逾九十，仍手不释卷。著有《海忠策》、《柯山讲义》、《论语集注》等。古时讲学以所讲著为"讲义"，或录所问答成为"语录"，可见当时书院严正认真的精神，亦远甚于当时的学校。

4.马端临两任山长

柯山书院，在元初由山长徐天俊重建庙、祠、斋、庑。继之者陈彦正，元代诗人柳贯有《送陈彦正山长奉亲赴柯山》诗。

元成祖元贞元年（1295年），著名历史学家马端临出任衢州柯山书院山长。马端临（1253—1340），字贵舆，号竹洲，江西乐平人。父亲马廷鸾，南宋咸淳年间任右丞相。马端临早年师从朱熹学派的曹泾，深受其影响。博览群书，二十岁漕试第一，以荫补承事郎，家中藏书甚富。不久，父亲因反对奸臣当道，受到排挤而离职回乡，马端临亦随之回乡侍奉。

入元后，马端临以隐居不仕进行消极抵抗，但在元朝的压力下，他被迫出任慈湖书院和柯山书院山长。在衢州柯山书院执教时，成效卓著，门下颇多成名者。马端临还在柯山书院山长任上完成了皇皇巨著《文献通考》，计三百八十四卷。该书与杜佑《通典》、郑樵《通志》并称中国史学"三通"。大德元年（1297年），其独生子马志仁出生，他立即辞职返乡，以享天伦之乐。

延祐五年（1318年），《文献通考》被朝廷派来的采风使臣王寿衍发现，进御朝廷以后，元英宗高度评价此书为"治国安民，济世之儒的有用之学"，从此马端临之名与《文献通考》一起闻达于朝野上下。

衢州小西门至今保存完好的古书院——修文书院（陈笑贞　摄）

江浙行省于同年十二月"咨发（马端临）再任衢州柯山书院山长"。至治二年（1322年），马端临出任台州儒学教授，回乡不久病逝。

元代担任过柯山书院山长的尚有孔演、华焕文等。

孔演，是孔氏南宗孔端问的后裔。至元十九年（1282年）秋，诏命衢州第六代衍圣公（孔子五十三世嫡长孙）孔洙赴京，令他载爵去曲阜奉祀。孔演是孔洙的族弟，曾陪同孔洙一起北上。

元至顺四年（1333年），曾任江山县尹的俞希鲁在其编纂的《至顺镇江志》卷十九中记载："华焕文，字尧章，丹徒人。衢州路柯山书院山长，今处州路龙泉县西宁乡巡检司巡检。"

元末明初，柯山书院毁于兵燹。

柯山书院旧址，位于今柯城区石室乡东村讲书堂背自然村。

（搜集整理者：刘国庆）

三、烂柯山传说的保护与传承

烂柯山传说最显著的文化特征，是阐释了中国传统文化天人合一的哲学思想。它不仅向人们勾勒出一幅世外桃源的仙境，而且以倡导天人相互协调这一中国古代哲学的最高理想，阐发对宇宙间生死、寿天、永暂等对立统一的朴素的辩证观点，以人生短暂、宇宙无限的哲理，引导人们用积极和超脱的人生态度来生活。

三、烂柯山传说的保护与传承

[壹]烂柯山传说的价值与影响

衢州地处浙江省西部，与闽、赣、皖三省相邻，自古以来为水陆兼备的交通要道，素有"四省通衢，五路总头"之称。烂柯山位于衢城东南十余公里的石室乡，风景幽丽，山岩造型奇特，古木参天，终日云烟缥缈，犹如人间仙境，是烂柯山传说的发源地。

两晋时期，战乱频仍，社会动荡。道教学说在当时的浙西政治文化中心衢州（信安）得以流行。人们在战乱之后向往世外桃源，渴望像神仙一样"归隐"山中，希望"百年一瞬，世态全殊"，能很快度过痛苦的乱世，过上祥和安定的生活，于是各类神仙传说应运而生，烂柯山的传说也由此而来。

烂柯山原名"石室山"，传说炎黄时代炎帝的雨师赤松子与其小女儿少姜即在此处修炼，春秋时期被称为"室石山"、"空石山"、"空洞山"，为姑篾国一大胜地。最早有关烂柯山传说的文字记载见于晋中期虞喜《志林》中"王质遇仙"的故事：王质观看仙人下棋，一局未了斧头已烂。此后，石室山逐渐更名为"烂柯山"，在历史进程中与各种文化要素互相融合、互相影响，形成了儒、释、道共存于一山的文化现象。而以"王质遇仙"故事为母题的烂柯山传说，经过历代人民的口耳相传，故事类型丰富，数量庞大。

历代文人著作中，北魏郦道元的《水经注》、南朝梁任昉的《述异记》、唐代杜佑的《通典州郡典》、宋乐史的《太平寰宇记》、《明一统志·衢州府·山川》等均对烂柯山传说有所记载。清《古今图书集成》"方舆汇编·山川典"第一百二十九卷"烂柯山部刊"有烂柯山图，并附有烂柯山的传说。民国《重修浙江通志稿》、《衢县志》对烂柯山传说的古籍记载亦有引用。我国现存最早的一部棋书《忘忧清乐集》，距今已有八百余年，该书收录了根据烂柯山的传说而绘的棋谱，"烂柯"亦逐渐演变为"棋子"的代名词，烂柯山遂成为围棋的发源地。

随着烂柯山传说流传范围的扩大，唐代孟郊、宋代陆游、明代徐霞

烂柯山"青霞第八洞天"碑（陈笑贞 摄）

客等文人墨客或循着传说亲临烂柯山，或据此留下诗词歌赋，或撰文绘画，为丰富烂柯山文化留下了宝贵的资料，更为烂柯山传说的进一步传播起到了积极的作用。

此外，唐代在烂柯山的天生石梁下还建有葛洪炼丹的丹炉和祭坛，烂柯山被道书称为青霞第八洞天和道家七十二福地之第三十福地。宋时道教在烂柯山很是鼎盛，据《明一统志》载，宋真宗赵恒约于咸平二年（999年）赏赐玉斧剑，列于仙集观。南宋赵扩于庆元间也曾赐烂柯山御笔书画扇一把，藏于仙集观内。

宋代还有著名文人、礼部尚书毛友的道学代表作《老子解》在烂柯山问世。

毛友之子毛开是宋代有名的诗人和词人，著有《樵隐集》十五卷，其中《樵隐词》一卷被收入"四库全书"。他与父亲毛友创办的梅岩精舍，即后来的柯山书院，是南宋最著名的二十二所书院之一，曾聘请巨儒朱熹、徐霖等人讲课。

当年，徐霖在柯山书院讲学时，"研精六经之奥，探赜先儒心传之要"，所著《太极图说》影响很大，四方学子云集，鼎盛时曾有过"远近学子奔来求教者多达三千"的辉煌。

在民间，烂柯山王质观棋的故事，则被编成了老百姓喜闻乐见的戏曲。

宋元时期，温州南戏已流入衢州，烂柯山王质观棋的故事被编成戏文上演，剧名为《王质》。全本已佚，《九宫正始》收佚曲两支如下：

【正宫过曲】【双鸂鶒】"深领谢厚意，似阮郎初入桃源佳境。但办心，和你做教局儿牢定。""幸遇君，做契姻，两情相称。今生共谐鸳枕。""伊娇俊，我鹘伶，算半斤八两秤儿称着不沉不轻。"

【前腔第二换头】"君今听，君今听，望靠君托与终身。肯似他狂蜂浪蝶，只采花心。""你志诚，你志诚，指天为证。娘行省了相思病。""谐连理，尽今生，似好花得遇东君。"

元明时期，无名氏所作杂剧《烂柯山王质观棋》，亦演烂柯山故事，见《宝文堂书目》，近人庄一拂《古典戏曲存目汇考》及《中国剧目辞典》均有著录。

经过这些方式流传的烂柯山传说，还承载了著名历史人物和重大历史事件。

明嘉靖四十一年（1562年）冬，戚继光赴闽平倭凯旋，兵部尚书胡宗宪在烂柯山大宴将士："披云把酒兴不尽，直上峰头踏玉虹。"时为胡宗宪幕僚的徐渭有诗赞曰："万山松柏绕旌旗，太保南征暂驻师。接得羽书知贼破，烂柯山上正围棋。"

徐渭《凯旋》诗残碑，现保存在衢州市博物馆。

民国衢州宿儒徐映璞先生亦有诗赞其事："岩疆喜见督师来，洞府双层四面开。烂柯当年仙子宅，倭平他日凯歌台。天风激荡三军

集，山石崩腾万马回。樵斧坚持相砥砺，好为世界辟蒿莱。"

烂柯山顶原有唐代建的柯山塔，又称"雁塔"，七层，如今依稀还能辨出塔基模样。棋枰石边有日迟亭，为明代建筑，20世纪70年代倒塌；1989年在原址建一石亭，仍称"日迟亭"。山脚下的宝岩寺，系南朝梁代建筑，"文化大革命"中被拆掉，改成水泥厂宿舍。现已在原址重建，还在寺东北角建了地藏殿。寺前有冷泉古井，传说朱元璋曾在此饮马。宝岩寺围墙东侧松林里有明代四川巡抚徐可求墓。墓虽多次被盗，但石人、石马、石羊犹在，只可惜石人在"文化大革命"中被砍去了头颅。

除了一千多年间不间断地以文章、诗词、碑刻、戏曲等方式流传之外，烂柯山传说更以民众的口头传承为主，它的不断丰富和发展都来源于民众的创作，体现了民众无限丰富的想象力和创造力。烂柯山的传说根植于民间，流传于民间，发扬于民间，属于原生态的文学样式。

烂柯山的传说最显著的文化特征，是阐释了中国传统文化天人合一的哲学思想。它不仅向人们勾勒出一幅世外桃源的仙境，而且以倡导天人相互协调这一中国古代哲学的最高理想，阐发对宇宙间生死、寿夭、永暂等对立统一的朴素的辩证观点，以人生短暂、宇宙无限的哲理，引导人们用积极和超脱的人生态度来生活。

烂柯山的传说内容丰富、种类繁多，数量已达百个。根据目前搜集整理的情况，从内容上可分为以下几类：以王质遇仙为母题的传说、神仙传说、佛教传说，烂柯山一带的民俗传说、地名传说和名人传说。在资料搜集过程中，被采访者基本以衢州方言讲述，其中许多故事情节的表述无法用普通话代替，衢州市柯城区石室乡当地称这样的讲故事形式为"衢州大（音dǔ）话"（2009年12月入选衢州市第三批非物质文化遗产），这种风格鲜明的传说故事演绎方式也是烂柯山传说的重要特征之一。

斗转星移，烂柯山的传说已深深融入衢州百姓的生活当中，成为衢州历史文化的主要内容。如衢州古城名"柯城"，柯城区"石室乡"、"石梁镇"的名称，古城门"通仙门"、石室的"仙游渡"均源自烂柯山传说。烂柯山的传说从石室传遍整个衢州，从衢州境内逐渐流传到省内淳安、天台、绍兴等地；向北流传到江苏虞县；向西北流传到河南新安，山西陵川、武乡，陕西洛川县等地；向西则一直流传到四川的西昌、达州。以至于到了今天，全国竟有烂柯山、烂柯亭、烂柯石十多处之多，各种版本的烂柯山传说也在全国各地广为传播。

烂柯山的传说甚至还影响到海外，在日本、朝鲜民间得以流传。

王质观棋遇仙的传说，其灵魂就是一个"棋"字，烂柯山可以说是中国围棋的一个根据地。我国现存最早的一部棋书、南宋李逸

民所辑的《忘忧清乐集》，就收有衢州烂柯实战谱《烂柯图》和《烂柯势》。元代，严德甫、晏天章合编的《玄玄棋经》收集有《采樵势图》，其名也源于烂柯山的传说。

烂柯山的传说漂洋过海，来到东瀛日本以后，得到了大和棋人的青睐。日本围棋高手林元美，自号"烂柯堂主"，并著有《烂柯堂棋话》。日人藤井正义在《东瀛围棋趣谈》一书中详细记述了王质遇仙的传说。日本的《大百科全书》和《日本围棋简史》，则干脆将"烂柯"作为围棋的代名词。有些围棋的书籍和杂志，也取名"烂柯"。

烂柯精神，在围棋界是广为人们推崇的一种专注、精进的精神。棋人认为，一名棋手如能像王质那样，虽岁月流逝、斧柯烂尽而不自知，进入忘我的境界，棋艺更上一层楼就大有希望了。"烂柯"一词，常常被围棋界人士题在书扇上馈赠好友，或制成匾额以自勉，更常常被围棋爱好者默诵于心，用以激励自己。

在中国古代围棋史上有一个名字，同"观棋烂柯"的王质一样熠熠生辉，那就是祝不疑。祝不疑是宋代围棋高手，宋何薳《春渚纪闻》卷二《祝不疑弈胜刘仲甫》一文中称："近世士大夫棋无出三衢祝不疑之右者。"祝不疑与国手刘仲甫对弈，结果仲甫再三叹服曰"烂柯名下无虚士"也，由此可见当时烂柯山一带围棋力量的强盛。

烂柯山传说的影响，不仅使人们更加明了宇宙间生死、寿夭、永暂等对立统一的朴素的辩证法观点，使衢州围棋在中国围棋史上占有一席之地，也使儒学文化在这里得到了长足的发展，从梅岩精舍到柯山书院，朱熹、徐霖、夏僎、孔元龙、马端临等儒学大家在烂柯山下开坛设教，著书立说，造就了一批批人才，使南宋时期衢州的科举走向了辉煌的顶峰。

烂柯山的传说，其影响不仅仅深入衢州人的日常生活，而且还兼容并蓄了儒、释、道家文化，形成了一道独特的文化风景。它与孔氏南宗儒学一起，成为今日衢州人的一大精神因子，使得今日衢州凡人善举层出不穷。

附：

我国其他以烂柯山、烂柯石、烂柯亭、柯山命名的地方

现把全国各地受衢州烂柯山的传说影响而出现的以"烂柯"命名的山、石、亭及与此故事相类似的传说，分类择要摘载如下：

1. 烂柯山。

山西省武乡县烂柯山：据《武乡县志》载："烂柯山在县西五十里。俗传王质樵采入山，遇两仙围棋，质观局未终，斧柯已烂。"又据《四库全书·山西通志》："烂柯山在（武乡）县西五十里。《明一统志》：隶沁州。二石人对弈，其一旁观。"

广东省高要县烂柯山：据《明一统志》载："肇庆府烂柯山，在府城东二十六里，其上徭人所住。土俗相传为王质观棋处。"明徐应

秋《玉芝堂谈荟》云："广东肇庆府烂柯山，一名斧柯山，旧传王质观棋处。"《四库全书·广东通志》载："烂柯山在城东五十里。高百余丈，峰如卓笔，俗谓樵子观棋处。后人于石上镌'烂柯处'三大字，径尺余。"蔡方炳《广舆记》又称："肇庆府城东烂柯山，相传王质烂柯处，恐非。"

陕西省洛川县烂柯山：《广舆记》记载："陕西延安府洛川县有烂柯山，俗传王质遇仙烂柯处。"《四库全书·陕西通志》载："烂柯山在县东南六十里。其相近有黄粱谷，黄粱水所出。相传为王质遇仙烂柯处。"

2. 烂柯亭。

四川省达县凤凰山烂柯亭：据宋吴曾《能改斋漫录》载："李宗谔云：达州烂柯亭在州治之西四里。古有樵者观仙弈棋不去，至斧柯烂于腰间，即此地也。"《广舆记》载："夔州府达州有凤凰山，形如飞凤，掩映州城。昔有异人对弈石上，因建烂柯亭。"《四库全书·四川通志》亦有与此内容相同的记载，并说："烂柯亭在州北三里凤凰山上。有碑志，剥落。"

3. 烂柯石。

福建省永安县枻棡山烂柯石：据《四库全书·福建通志》记载："枻棡山在永安县治北二十七都……有降仙台石，高大而平，有仙人迹。台下一石室，棋局界画分明，有黑白数子，左右苍石可坐，名烂柯石。"《广舆记》载："延平府尤溪县九仙山，岩壑幽深，人迹罕到。昔有樵者入山，见二人弈。少顷，二白鹤啄杨梅，堕一颗于地，樵者食之，遂失弈所。抵家遂辟谷，颇知人休咎。" 据《四库全书·福建通志》载，汉建安初置南平县，明改称"延平府"，并于景泰二年（1451年）析延平府尤溪、沙县两县地增置永安县。据此，永安原为尤溪县地，故疑《广舆记》与《福建通志》所记载的两条相类似传说应为一事。

4. 类似传说。

桃源洞仙人棋子：据清郑永禧《烂柯山志》转引唐李浚著作，说有桃源洞中仙人著棋事，仙人棋子尚存。

平凉石桥仙人著棋台：据《明一统志》载："石桥在平凉府崆峒山，两峰之间有巨石横亘，名仙人石桥。峰顶有石棋盘纹，俗呼为仙人著棋台。"

江西龙雾嶂谢仙翁采樵：据《江西通志》载："五代周，谢仙翁登龙雾嶂采樵，偶于池侧见二女弈，从傍观之。女食桃遗核，因取食之，不饥。弈罢，恍失二女所在。谢骇而归，不知若干年矣。"

白羊山童子牧羊：据《古今图书集成·畿辅通志》载："白羊山在元氏县西北五十里。昔有童子牧羊，见二老弈棋，童子从旁观之。弈毕，二老不见，驱羊不动，尽化为石，至今宛若白羊状，故名。"

淳安县尹山：据明嘉靖《浙江通志》载：尹山"在（淳安）县西南

七十里。两峰南峙，跨石如桥，倚石如人。中有石室、石棋，皆天然之胜也"。

又，郑永禧《烂柯山志》所载"新安烂柯山"条下，转引明陈延器《琴轩诗集》中，有游新安烂柯山王乔洞诗。

据郑永禧《烂柯山志》所载，其他以弈棋为题材而命名的山石尚有柳州仙弈山、建宁仙枰石、莆田棋山仙人台、桂林隐山石棋枰、西湖棋盘岭、海宁柯仙山等多处。

5. 以柯山为名的地方

浙江省绍兴柯山：据《四库全书·山阴县志》载："（柯山）在县西南三十里。据《后汉书·蔡邕传》注：邕告人曰：'昔经会稽高迁亭，见椽竹东间第十六可以为笛取用，故有异声。'伏滔长笛赋云：'柯亭之观，以竹为椽。邕取为笛，奇声独绝。'柯山得名以此。"又，郑永禧《烂柯山志》载："会稽烂柯山，相传汉朱买臣采樵烂柯处，有柯亭。蔡中郎尝取笛于此。"

黄州城东柯山：据郑永禧《烂柯山志》载："宋史张耒晚年安置黄州。居柯山，自号柯山居士，著《柯山集》五十卷行世，有《柯山赋》、《柯山集诗》。《柯山赋》云：'入东门而右回兮，原迤靡以相属。拔磅礴以陆起兮，是为柯山之麓。'故疑此山即在黄州城东。"

上记两条虽未涉及王质遇仙烂柯故事，但因其名与柯山同，故记此以备查。

[贰]烂柯山传说的保护与传承

因为王质遇仙的传说，烂柯山从晋代起就是文人墨客和普通百姓津津乐道的一座名山。今存歌颂烂柯山的诗文之多、之广，堪称是各名山之冠，其文化内涵博大精深。仅从明万历至清光绪的三百多年间，为收录烂柯山有关景点、传说、文章、诗词、碑碣等而编纂的《烂柯山志》就有五部。这些典籍对弘扬民族文化、彰显烂柯山的风采起了很大的作用，同时也使烂柯山更为人们所向往，使烂柯山的传说流传得更为广泛了。

烂柯山传说的传承文化环境和它所包含的文化品格，与我国人民的民俗心理和审美追求一脉相承。烂柯山传说的产生既与当时的特殊环境、历史因素、思想背景有关，也与烂柯山当地的生产生活、民风民俗等因素紧密结合。这些优美动人的传说在传承过程中不断丰富着故事种类和内涵，经过近两千年的流传与发展，几乎家喻户晓。但是，由于受到现代传媒和外来强势文化的冲击，如今烂柯山传说的生存环境已大不如前。与烂柯山传说相关的许多景观和文物因历史原因而遭破坏。烂柯山传说的讲述人年事已高，相继去世，仅存的几位传承人，基本上都是超过七十岁的老人。

徐臣榜，1932年生，农民，家住烂柯山下石室乡石室二村，被浙江省文化厅公布为浙江省第三批非物质文化遗产项目烂柯山的传说代表性传承人。徐臣榜自幼听爷爷徐申芝、父亲徐水源和乡亲们讲

2015年2月，衢州市文化广电新闻出版局文艺处处长陈玉英（后排右一）一行去看望徐臣榜老人（前排右二）（陈笑贞 摄）

王质遇仙烂柯的故事，他搜集了相当数量的烂柯山传说，并将口头流传下来的故事整理、编撰成书，1997年撰写《王质遇仙记》六万字，1994年至2003年撰写《徐徽言全传》三十六万字，2005年撰写《石室街村志》八万字。

老人现在年事已高，且身体屡弱，非常渴望有年轻人能将烂柯山的传说继承下去。

为拯救烂柯山的传说，1992年，衢州市人民政府成立烂柯山风景区开发建设领导小组。1993年建立烂柯山风景管理处作为烂柯山保护和开发的职能机构，并对烂柯山的传说进行整理，出版了《烂柯山诗集》。1996年，烂柯山风景名胜区被确认为浙江省级风景名胜区。1998年出版发行了衢州历史上第七部《烂柯山志》，同时还对部分历史记载的景观进行恢复性建设, 如日迟亭、忠壮陵园等; 通过各种途径搜集了部分明清时期的残碑加以保护。

从1993年开始, 衢州市人民政府还在烂柯山策划了一系列国家级的围棋赛事, 使烂柯山成了一座名副其实的"围棋仙地"。

1993年5月, 烂柯山迎来了"棋圣"聂卫平一行。

1995年5月, "天神杯"第六届中国围棋棋王赛决赛后两盘比赛在衢州进行, 烂柯山与当时的棋王马晓春有了一番心神交会的沉默对话。

2002年秋, "围甲联赛"又将韩国的优秀棋手李昌镐引上了古老的烂柯山。

2006年开始, 衢州市人民政府又与中国围棋协会、浙江省体育局共同主办每两年一届的"衢州·烂柯杯"中国围棋冠军赛, 到2014年, 已成功举办了五届赛事。

第一届"衢州·烂柯杯"中国围棋冠军赛于2006年9月18日至9月22日在浙江省衢州市隆重举行。陈祖德、聂卫平、马晓春、俞斌、常昊、罗洗河、古力和周鹤洋等八位九段参战, 其中有五人曾是世界围棋冠军得主, 这种"超豪华阵容"在中国围棋大赛史上尚属首例。第二届"衢州·烂柯杯"中国围棋冠军赛共分为三个阶段, 第三阶段的八强赛、半决赛、决赛于2008年11月9日至13日在衢州举行。2010年9月30日, 第三届"衢州·烂柯杯"中国围棋冠军赛决赛在衢州国

陈祖德题词碑（陈笑贞 摄）

际大酒店战罢，谢赫七段执黑中盘胜江维杰四段，捧起"烂柯杯"冠军奖杯，获得五十万元冠军奖金。第四届"衢州·烂柯杯"中国围棋冠军赛于2012年8月26日至28日在衢州开始八强赛、半决赛和决赛，最终孟泰龄六段执黑中盘击败柁嘉熹三段，夺得冠军。第五届"衢州·烂柯杯"中国围棋冠军赛于2014年9月12日在衢州落下帷幕，范廷钰击败时越夺冠并获得五十万元奖金。

除了举行多届国家级围棋赛事，烂柯山风景管理处还累计投入资金两千五百余万元对烂柯山部分景观进行恢复和保护。烂柯山下的荆溪村，自2009年8月开始立项，建设"美丽乡村"项目；2011年，该项目又提升为中国围棋谷建设项目，定位为柯城区当前和今后相当一段时期重要的文化品牌和文化产业项目，并列入全省"十大文化谷"重点项目之一。中国围棋谷围绕围棋文化中轴，坚持以文养文，以"桃花深处、鸟语花香，长亭古道、古塘新景，屋在林中、人在画中，天圆地方、一盘和棋"为特色，积极挖掘《晋书》中所载的王质遇仙传说的文化内涵，开发融入围棋元素的旅游产品，规划农家乐旅游。同时，走创意产业的发展路径与发展模式，引进文化创意产业，延伸文化产业链，实现以棋富民，以文养民，以民传文，把中国围棋谷建成全省新农村建设的示范、经济欠发达地区发展文化创意产业的示范，做成衢州文化创意产业的标本和全省文化创意产业的亮点。

经过一年多的努力，2012年9月27日，浙江省"十大文化谷"和文化产业发展"122"工程首批二十家重点文化产业园区之一的中国围棋谷在荆溪村正式开园。为期一个多月的柯城区中国围棋谷文化节也在同日拉开帷幕。中国围棋谷位于烂柯山南麓，依烂柯山而建，负阴抱阳，民居如棋子。整个谷地形如一盘和棋。其中有面积达一万亩的八卦花田，五月花开时节，恍如仙境，令人流连忘返。自2012年开始，中国围棋谷每年都要接待四五十万游客，烂柯山的传说也得到了有效的传播。

老百姓都说，烂柯山的传说让荆溪村美名远扬，而中国围棋谷的建设让烂柯山的传说更加深入人心。

衢州市文化部门多次组织专家对烂柯山的传说进行详尽的调查和记录，将烂柯山举办的各种活动资料归档、整理，成立专门机构进行田野调查，并对善于讲述烂柯山传说的老人建立档案，录音、录像，同时将整理出的文字编印成书。此外，文化部门还建立了与烂柯山传说相关的自然与人文载体的保护目录，进一步挖掘与烂柯山传说有关的自然和人文符号，以技术手段对原始符号（文化内涵）进行抽象性的恢复，保护实体文化符号（如碑刻系列）等。省、市文化部门则将烂柯山的传说作为重要的非物质文化遗产项目，通过申报，2011年，烂柯山的传说成功列入第三批国家级非物质文化遗产名录。

而衢州新一代的文人墨客，也在为宣传烂柯山的传说，不遗余力地做出自己的贡献。

1993年，由衢州著名作家陈才先生编剧的三集电视剧《烂柯棋魂》在中央电视台和浙江电视台播出。其剧情概要：晋代樵夫王质去石室山砍柴，至石室，巧遇二仙人对弈，王质在观棋中得仙师指点，传给后代几册围棋棋谱。明代时，棋谱传至王质后裔王汉其手中。当时，朝廷上下弈棋成风，许多文人、武将到处搜寻优秀棋谱，皇上也对棋谱珍本爱不释手，凡能进献一部珍贵棋谱，讨得皇上欢心的人，可加官晋爵，光宗耀祖。因而围绕祖传棋谱，演绎出窃夺和保卫的悲壮故事。

1995年，衢州市文物局为烂柯山忠壮陵园征集楹联，共有九副优秀楹联入选，其中一等奖得主为当时衢州市政协的傅春龄先生，其联为"跨马擎梁，威慑金源，千秋壮烈；盘弓射逆，先驱武穆，一代精忠"。此联现镌刻于忠壮陵园仪门两侧。

2004年，衢州市文化馆文学干部毛芦芦撰写了近两万字的文章《烂柯寻踪》，被编入《历史文化名城衢州》一书。

2005年，衢州市文化馆舞蹈干部叶菁（现为副馆长）编排了节目《烂柯印象》，用舞蹈的形式诠释了烂柯山的传说，在衢州市建市二十周年大型文艺晚会上演出，取得了很好的宣传效果。

周新华著长篇历史小说《黑白令》封面书影

2010年，作家周新华一举推出了三十多万字的长篇历史小说《黑白令》（东方出版社出版），对烂柯山传说中的棋子文化精髓进行了极富文学性的阐述。

2012年，柯城区教育体育（文化）局文物科科长余仁洪帮助徐臣榜老人将六万多字的手稿《烂柯山传奇》打成电子稿，录入文物档案，并请柯城区退休教师徐为全整理文稿，下一步计划将此文稿出版成书。

2013年，衢州市华茂外国语学校初一（5）班学生汪芦川根据王质遇仙故事写成的《烂柯山传说》参加浙江省最具地域性特色代表性文化符号（民间故事）网络评选故事演讲比赛，荣获最佳故事奖。

2014年，中国作家协会会员、浙江省民间文艺家协会会员毛芦芦，又以儿童文学的形式，在长篇抗日小说《如菊如月》（长江少年儿童文学出版社出版）中对烂柯山传说进行了全新的解读，为烂柯山传说的传承做出

汪芦川同学在浙江省最具地域性特色代表性文化符号（民间故事）网络评选故事演讲比赛现场（毛伟建 摄）

了自己应有的努力。

　　2015年，衢州市文化馆编印了《烂柯山的传说》，起印一万册，免费赠送给本市的中小学生阅读，以便让更多的青少年了解烂柯山传说、爱上烂柯山传说，成为烂柯山传说的新一代传承人。

　　对进一步保护和传承烂柯山传说，衢州市教育界的人士也做出了贡献。

　　烂柯山下的小学——柯城石室中心小学将围棋教学纳入学校的第二课堂，打造浙西围棋特色学校的教育品牌，将烂柯山称为"棋山"，对每一个刚入学的孩子讲述烂柯山的传说，让孩子们充分了解棋山、棋人的故事，教孩子们读棋诗、出棋报，并鼓励孩子们学习王质废寝忘食的学习精神。据该校校长廖丽萍介绍，在石室中心小学，三百二十多名学生人人都能流畅地讲述烂柯山的传说，并能下围棋，全校学生因为深受烂柯山传说的影响，学习认真，精神奋

发, 阅读气氛浓郁, 是全区有名的围棋校园和书香校园。

与石室中心小学一样, 致力于围棋文化的普及与提升工作, 坚持从娃娃抓起, 让围棋走进课堂的还有柯城区新华幼儿园、教工幼儿园、柯城实验小学、衢州市实验学校等, 其中新华幼儿园被评为"围棋育苗基地"。衢州市实验学校, 多年来一直坚持招收围棋特长生, 在学校开设围棋室、围棋俱乐部, 在教学大楼里建立"围棋活动集萃长廊", 在每个班开设"棋之栏", 在图书馆专门设立棋书专柜, 而且还将围棋教学编进校本教材《两子文化, 波漾菱湖》等, 不仅是浙江省围棋传统项目学校和浙江省围棋体育特色学校, 而且还在争创"全国围棋特色学校"。

就这样, 通过一个个幼儿园、一所所中小学对围棋文化的大力传播与推广, 烂柯山的传说也流进了越来越多的少年儿童的心田。

今天的衢州, 有许许多多的人正在共同努力, 让烂柯山的传说薪火相传, 使烂柯精神得以发扬光大。

本书作者毛芦芦在柯城石室中心小学采访时留影(陈笑贞 摄)

主要参考文献

1. 《烂柯山志》，浙江人民出版社1998年版

2. 《衢县志》，浙江人民出版社1992年版

3. 《历史文化名城衢州》，浙江人民出版社2004年版

4. 《浙江省民间故事集成：衢州市故事卷》，中国民间文艺出版社1989年版

5. 徐宇宁主编《衢州简史》，浙江人民出版社2008年版

6. 崔成志《衢州民俗大观》，吉林文史出版社2004年版

7. 陈锡祥《衢州街道拾遗》，中国文史出版社2012年版

8. 张水绿《衢州市地名志》，1988年版

9. 《柯山棋话》，杭州出版社2005年版

10. （北魏）郦道元《水经注》，"民国万有文库"版

11. （唐）杜佑《通典》，中华书局1988年版

12. （元）马端临《文献通考》，中华书局1986年版

13. 明弘治年间《衢州府志》，上海书店1990年版

14. （明）徐宏祖《徐霞客游记》，团结出版社2002年版

15. 郑永禧《衢县志》，民国版

后记

记得2009年夏天第一次去烂柯山下的石室村采访徐臣榜老人时，七十七岁的徐老还是那么健旺，讲起烂柯山的各种传说，就像鲤鱼吐泡泡，一串一串又一串的，思路清晰，言语幽默，感情丰沛。老人在烂柯山下生活了一辈子，烂柯山是他名副其实的母亲山。他每天都要去烂柯山上溜达一圈，回家后就开始撰写、记录、整理关于烂柯山的文字，留下了《王质遇仙记》、《石室街村志》、《忠壮公徐徽言》等五十多万字的手稿。

可是，2015年2月13日，当我和衢州市文化广电新闻出版局文艺处陈玉英处长去拜访徐老时，他却须得家人搀扶才能从卧室走出来接待我们了，而且还把年年都去慰问他的陈处长认成了我："我记得你，你是小毛，写儿童文学的，我们是老朋友啦！"

是啊，我和徐老是老朋友了。当年，为了采写烂柯山的传说，我和同事陈啸曾一次次地去叨扰他，徐老总是热情接待，不仅跟我们讲烂柯山的掌故，而且还跟我们侃他的生平。虽然我们年龄与他相差四五十岁，可他俨然把我们当成了志同道合的朋友。

　　2011年，烂柯山的传说列入国家级非物质文化遗产名录，徐老功不可没。

　　而另外一位老人黄根发，同样也功不可没。

　　黄老是衢江区的退休干部。他一生都致力于民间文学的搜集和整理。他就像个老农民那样，整天都徜徉于老家的山水草木之间，一年四季都和父老乡亲潜心交流着发生在家乡土地上的种种故事，

黄根发老人（左）生前在走村入户搜集资料（雷文伟 摄）

他不仅对烂柯山的传说如数家珍，而且对整个衢江和柯城地区的民间故事也了如指掌。

我认识黄老的时间要比认识徐老的时间长得多。十八年前我做《衢县报》记者时就曾采访过他，因为对他为人处世的方式深感钦佩，所以内心把他当成了一位非常难得的师长。在烂柯山的传说"申遗"期间，他则成了我拜访次数最多的一位老人。那时天热，还记得每次去拜访黄老，他都会细心地把电风扇的风叶准准地对着我。在电扇送来的徐徐清风中，听黄老款声细语地讲述着民间传说，感动总会如山泉般从我的心房里默默地涌出来。

一直希望能出一本集子，把徐老、黄老给我讲的故事编写出来，然后虔诚地上门拜访他们，恭恭敬敬地把书奉上。如今，这书在浙江省文化厅的大力支持下马上就要付梓了，可惜黄老已于2011年2月驾鹤西去，徐老也在不久前谢世，痛哉！惜哉！

对本书编写工作帮助较大的，还有陈锡祥先生、刘国庆先生。陈先生致力于搜集衢州街巷的掌故，曾花了很大工夫去搜集衢州

城郊一带的民间传说。他写了两本《衢州街巷拾遗》，其中一本里有很多故事与烂柯山有关，本书中有十来则故事就来源于陈先生的讲述。刘先生则是衢州的文史专家，学富五车，德高望重，为本书提供了大量的史料，还拨冗为本书审稿。

由衷地向这几位先生致敬！

由衷地向所有帮助过烂柯山传说"申遗"的人致敬！

由衷地向这本书里的每一位讲述者、记录者、整理者、摄影者、资料提供者致敬！

也由衷地向关心和重视《烂柯山的传说》编辑、出版工作的衢州市文化广电新闻出版局王建华局长、陈政副局长、陈玉英处长致敬！向直接领导我编写此书的衢州市文化馆的黄祖祥馆长致敬！

虽然在听到黄根发老人去世的消息时我是那么悲痛，虽然在看到徐臣榜老人拖着病体颤巍巍地出来迎接我们时，我内心充满了哀伤，虽然通晓烂柯山传说、烂柯山掌故的先生们一个个年龄都不小了，让人感到后继乏人的忧虑，但通过这本书稿的采集和整理，我也真真切切地了解到，在三衢大地上，还有很多人在竭力保护和传承着烂柯山的传说。我相信，这本书的出版，一定会对"非遗"项目烂柯山的传说的传承工作起到重要的作用。

相信本书的出版，一定会让更多的读者了解和热爱我们衢州这片土地上这一个个鲜活生动、朴素有趣的故事。

其实，通过对本书的编写，我这个中年女知识分子和我上初中的女儿汪芦川已经成为烂柯山传说的一对民间传承者了。

相信通过所有关心和热爱烂柯山传说之人的大力推广，在我们衢州、浙江，乃至全中国，一定还会有更多类似的母女、父子、兄弟、姐妹，爱上这神奇美丽的传说，爱上民间文学，从而使古老的传说在青春的心田里开出更真、更善、更美的花朵。

作者

责任编辑：唐念慈

装帧设计：薛　蔚

责任校对：王　莉

责任印制：朱圣学

装帧顾问：张　望

图书在版编目（ＣＩＰ）数据

烂柯山的传说 / 毛芦芦编著. －－ 杭州 : 浙江摄影
出版社, 2015.12（2023.1重印）
　（浙江省非物质文化遗产代表作丛书 / 金兴盛主编）
　ISBN 978－7－5514－1187－5

Ⅰ. ①烂… Ⅱ. ①毛… Ⅲ. ①民间故事—作品集—衢
州市 Ⅳ. ①I277.3

中国版本图书馆CIP数据核字(2015)第277721号

烂柯山的传说

毛芦芦　编著

全国百佳图书出版单位
浙江摄影出版社出版发行
　　　地址：杭州市体育场路347号
　　　邮编：310006
　　　网址：www.photo.zjcb.com
制版：浙江新华图文制作有限公司
印刷：廊坊市印艺阁数字科技有限公司
开本：960mm×1270mm　　1/32
印张：6.25
2015年12月第1版　　2023年1月第2次印刷
ISBN 978－7－5514－1187－5
定价：50.00元